KB128374

권
능
의
반
지

권능의 반지 3

초판 1쇄 인쇄일 2015년 11월 20일 | **초판 1쇄 발행일** 2015년 11월 23일

지은이 김종혁 | **펴낸이** 곽중열 | **담당편집 팀장** 이범수
편집부 신연제 이윤아 김호성 김은경

펴낸곳 (주)조은세상 | 출판등록 제 2002-23호
주소 경기도 연천군 미산면 청정로 1355
TEL 편집부 02)587-2966 | FAX 02)587-2922
e-mail bukdu@comics21c.co.kr

ⓒ김종혁 2015
ISBN 979-11-5832-323-3 | ISBN 979-11-5832-320-2(set) | 값 8,000원

권능의 반지

김종혁 현대판타지 장편소설

3

NEO MODERN FANTASY STORY

북두
(주)좋은세상

권능의 반지
NEO MODERN FANTASY STORY

권능의 반지

51화. 더러운 하수도 사이로

NEO MODERN FANTASY STORY

이후 벤츠로 돌아왔다.

민우는 어린아이들에게 둘러싸인 채 곤욕을 치르고 있었
다.

초코바 몇 개 줬더니, 일행을 우르르 몰고 온 거였다.

대충 지훈과 칼콘이 흩어 보내곤 차에 올라탔다.

와중에 민우가 지갑이 없어졌다고 난리를 쳤으나, 이미 떠
난 버스요, 지갑 갖고 튄 소매치기였다.

"총부터 보여주라고 했잖아."

"그냥 애들이라서…."

"쟤네도 권총 들고 다닌다. 너도 총 맞으면 뒤져 임마."

민우가 한숨을 푹 내쉬었다.

"어차피 돈 많이 버니까, 그냥 적선했다고 생각해. 지금은 일이 먼저다."

지도를 살펴봤다.

현재 러시아 개척지에 이용 가능한 맨홀은 총 15개.

그중 대부분이 중앙 지구에 몰려 있었고, 북쪽에 2개, 동쪽에 1개. 그리고 서쪽에 버려진 맨홀이 하나 있었다.

"서쪽으로 간다."

맨홀은 서쪽 입구에서 10km 정도 떨어진 곳에 있었다.

도난을 우려해 유료 주차장에 주차한 뒤, 걸어서 이동했다.

이동 도중 몇몇 강도로 보이는 자들과 마주쳤으나, 무장을 보여주자 간단히 비켜섰다.

깨진 유리창, 간간이 모이는 모닥불, 노숙자 같은 몰골을 한 사람들.

마치 재난 영화 속에 들어온 기분이었다.

그 말은 저들 역시 지훈 일행이 슬럼에 녹아들지 못한 이방인이란 뜻이었다.

노골적인 시선에 동물원 원숭이가 된 것 같은 기분이었다.

대충 반 시간쯤 걸었을까?

"저기야."

일행 앞에 거대한 콘크리트 건축물이 보였다.

보통 맨홀이라고 하면 바닥에 뚜껑이 달린 게 다였다. 하지만 러시아 개척지의 맨홀은 사뭇 달랐다.

방사능을 우려한 탓인지 맨홀 주변에 콘크리트로 모조리

덮여 있었고, 입구 주변에는 방사능 주의 표지판과 해골 표시
가 가득 붙어있었다.

딱 봐도 들어가면 안 될 것 같은 분위기.

"방사능 측정기 대 봐."

민우가 허리에 차고 있던 측정기를 가져다 댔다.

라디오 노이즈 같은 소리가 치직 하고 났다.

"미세하게 흘러나와요. 일단 건강에 이상은 없을 것 같은
데… 어떻게 하실래요?"

다른 입구에는 분명 테러를 우려해 군 병력이 24시간 주둔
하고 있을 터였다.

"다들 장비 꺼내고, 장화로 갈아 신어라."

지훈은 장화로 갈아 신으며 일행의 장비를 훑었다.

[장비]
[지훈의 장비]
무기.
여왕의 은혜 (C등급 아티펙트. 마법 강화 창)
글록 19 (폭발 마력탄 5발, 레이저 사이트 부착)
빈토레즈 (OTN탄, 소음기, 조준경 자체 부착)

방어구.
방탄 외투 (E급 아티펙트, 위장색 도색)
방수 장화 (일반 물품)

기타.
휴대전화
각성자 능력 감지기 (BOSA)
2세대 나이트 비전 (구입)
암흑 마법 스크롤 (구입)

[칼콘의 장비]
무기.
쇠사슬이 연결된 투척용 작살 (일반 물품. 3개)

방어구.
사슬 갑옷 (녹이 슬기 시작함)
접이식 방패 (F등급 아티펙트. 이가 조금 나감)
방수 장화 (일반 물품)

[민우의 장비]
무기.
넷 건 (F등급 금속 그물, 단발)

방어구.
보호경 (일반 물품)
방사능 전신 보호구(일반 물품)
방수 장화 (일반 물품)

기타.

2세대 나이트 비전

섬광탄 2발.

연막탄 1발.

[공용]

휴식용 침낭 1개.

칼로리 바 6개

MRE 6봉(즉석 섭취식 전투 식량)

식수.

지훈의 장비는 딱히 특별할 게 없었다.

평소와 같은 장비에, 장화 그리고 나이트 비전이 다였다. 혹시 몰라 암흑 마법 스크롤도 준비했다.

칼콘은 무기 대신 작살을 들었다.

애초에 목표가 사살이 아닌 포획인 만큼, 차원 여행자의 움직임을 방해하기 위한 준비였다.

민우는 평소와 달리 방호복을 입었다.

아무래도 각성자나, 신체가 튼튼한 칼콘과 달리 저항 수치가 마이너스인 민우였다. 건강을 걱정하는 것 같았다.

그 외에도 민우는 어둠을 대비한 나이트 비전, 포획을 위한 넷 건, 시야를 가리기 위한 섬광탄과 연막탄을 장비했다.

혹 장기전이 될 수도 있었기에, 휴식용 침낭과 음식 역시 잊지 않았다.

"가자."

주변을 슬쩍 살펴본 뒤, 입구를 막고 있는 쇠사슬을 여왕의
은혜로 내려쳤다.

깡!

괜히 C등급 아티펙트가 아닌지, 단숨에 부서졌다.

겨우 맨홀에 들어가는 것임에도, 마치 위험한 유적에 들어
가듯 긴장감이 스쳤다.

이후 잠겨있는 문을 박살 낸 뒤, 사다리를 타고 내려가, 다
시 한 번 맨홀 뚜껑을 열었다.

쇠지레 대신 여왕의 은혜를 사용했다.

'정말 장난 아니게 꽁꽁 싸매뒀네.'

그렇게 3중 잠금을 뜯어낸 뒤에야, 하수도로 내려갈 수 있
었다.

턱, 턱, 턱, 턱.

쇠로 만든 사다리를 타고 한 걸음씩 내려갈 때마다, 짙은
악취가 느껴졌다.

방사능에 냄새가 날 리가 없음에도, 마치 방사능 냄새가 나
는 듯 불쾌했다.

"나이트 비전 켜."

햇빛 한 점 들지 않는 칠흑의 공간이었기에, 바로 야시경을
작동시켰다.

삑! 하는 소리와 함께 시야가 초록색으로 물들었다.

현재 일행이 서 있는 곳은 사람이 이동하기 위한 인도였고, 인도 옆에는 구정물이 흘렀다.

이후 발밑으로 사람 팔뚝만 한 바퀴벌레 몇 마리가 빠른 속도로 흩어지는 게 보였다.

민우는 그 모습을 보고는 기겁했다.

"미친! 바퀴벌레가 뭐 저렇게 커요?"

"나도 몰라. 저딴 거 상대할 시간 없으니까 빨리 찾자."

"어디에 있는데?"

몰랐다. 반지에 물어도 단순 어느 방향에 있다는 말이 돌아올 뿐이었다.

그렇게 방사능, 제한된 시간을 낀 술래 잡가기 시작됐다.

◈

1일째.

서쪽 구역 1/3을 뒤졌다.

차원 여행자의 흔적으로 보이는 건 아무것도 없었다.

이동 중 거대 바퀴벌레 무리와 전투가 벌어졌다.

탄약을 아껴야 했기에 대부분 지훈이 여왕의 은혜로 처리했으며, 칼콘 역시 작살로 몇 마리 처리했다.

식사는 MRE로 했으며, 만족스러웠다.

잠은 침낭에서 돌아가며 잤다.

남은 시간, 134시간 (5일 14시간)

2일째.

서쪽 구역을 대부분 뒤졌다.

차원 여행자의 흔적은 찾을 수 없었다.

하수도 정비 요원으로 보이는 시체 한 구를 발견했다.

시체 훼손이 심한 걸 봤을 때, 바퀴벌레 혹은 기타 짐승에게 당한 듯싶었다.

식사는 MRE로 했으며, 만족스러웠다. 하지만…

"우, 웨에에엑!"

비위가 약한 민우는 전부 토해버렸다.

남은 시간 117시간 (4일 21시간)

⊕

3일째.

남쪽 구역 대부분을 뒤졌다.

"지훈, 저기 뭐 반짝거리지 않아?"

칼콘이 갑자기 멈춰서 구정물을 가리켰다.

지훈은 야시경을 쓴 채로 유심히 살펴봤지만, 아무것도 찾을 수 없었다.

"뭔데?"

"기다려 봐. 한 번 꺼내볼게."

칼콘이 구정물에 손을 쑥 집어넣더니, 주먹만 한 돌을 끄집어냈다. 굉장히 매끈했는데, 마치 빛을 흡수하기라도 하듯 검은색을 띤 돌이었다.

　'인공물인가?'

　혹시 싶어 옷으로 닦아 이물질을 제거했다. 이후 자세히 보기 위해 손바닥 위에 얹었고….

　돌과 반지가 맞닿았다.

　우우우우우웅!

　우우우우우웅!

　마치 지진이라도 난 듯, 두 물체가 미친 듯이 떨렸다.

　- 아티펙트와 접촉. 방어합니다.

　목소리가 놀라 바닥에 떨어뜨렸다.

　"지훈. 갑자기 왜 그래?"

　"아니. 아무것도. 네가 집었을 때 아무런 느낌 없었어?"

　"응. 그냥 매끈하던데."

　식별 스크롤이 없어 어떤 물건인지 전혀 알 수 없었다.

　그렇다고 무기가 아닌 일반 도구로 보이는 녀석을 아티펙트랑 부딪쳐 보기도 애매했다.

　'일단 가지고 다니자. 식별은 밖에 나가서 한다.'

　누군가가 잃어버린 고등급 아티펙트 일수도 있었다.

　부수입은 언제나 환영이었으므로, 칼콘의 백팩에 넣었다.

　이후 일행은 다시 탐색을 재개했다.

　지훈과 칼콘은 이제 하수도의 불쾌한 환경에 익숙해졌다.

민우는 설사 및 탈수 증상을 겪기 시작했다.

민우는 마지막 남은 MRE로 식사했고,

지훈은 칼로리 바를 먹었으며,

칼콘은 바퀴벌레를 잡아먹었다.

민우가 지친 까닭에 침낭에서 푹 쉬었고,

지훈과 칼콘이 번갈아가며 불침번을 섰다.

남은 시간 81시간 (3일 9시간)

⊕

4일째.

"돌아가야 하지 않을까?"

칼콘이 민우를 쳐다보며 조심스럽게 물었다.

지훈이야 칼로리 바를 먹으며 버티면 됐고, 칼콘은 나름의 방법으로 식사를 해결했지만… 민우는 그러지 못했다.

간신히 걷고 있는 실정이었다.

"야, 괜찮냐?"

"괜찮습니다. 아직 더 갈 수 있습니다."

"돌아갈 거리도 생각해. 버틸 수 있겠어?"

민우가 입을 꾹 다물고 부들부들 떨었다.

바닥에 물 몇 방울이 떨어졌다.

"짐 되기 싫습니다. 이 악물고 버텨보겠습니다."

"새끼야, 여기 더러워서 감염되면 죽어. 오기 부리지 말고 못 버틸 것 같으면 말해. 칼콘이랑 돌아가도 된다."

이 일은 지훈의 개인적인 일이었다.

보상을 줄 수도 없는데, 목숨을 걸라고 닦달할 수 없었다.

"몸에 똥칠 좀 한다고 뒤지기야 하겠습니까? 그냥 비위 상해서 설사 몇 번 한 겁니다. 하하!"

그럼에도 민우는 애써 웃으며 괜찮다고 말했다.

눈이 붉은 게 속이 상해서 운 모양이었다.

'왜 나만 이 꼬락서니지… 나도 이러고 싶지 않은데.'

사실 오크와 각성자 사이에 꼈으니 뒤처지는 게 당연했다.

민우는 훈련을 받은 병사도 아니었고, 헌팅에 익숙한 베테랑 헌터도 아니었다.

일반인이 빈약한 음식을 먹으며 3일 내내 수색을 하면 지치고 병드는 게 정상이었음에도, 민우는 이를 꽉 깨물었다.

'더 이상 짐이 되진 않을 거야. 나도 이제 헌터다.'

민우가 힘을 내기 시작했다.

다들 힘내서 수색을 재개했지만, 안타깝게도 별 거 없었다.

식사는 칼콘이 거대한 쥐를 잡아왔기에, 그걸 먹었다.

타닥, 타닥.

마법으로 쥐 고기를 굽고 있자니, 칼콘이 농담을 건넸다.

다들 축 쳐져있으니 분위기를 살리고 싶었나보다.

대충 받아주며 웃고는 남은 시간을 계산했다.

'아쵸푸므자가 여기까지 올 수 있을까?'

확신할 수 없었다.

그럼 서울 개척지로 돌아가야 한다는 얘기였는데, 최소 이 동만 30시간 이상 걸렸다.

'먹고 자는 시간 빼면 대충 40시간 정도 남았다.'

시간은 촉박했지만, 하수도는 미친 듯이 넓었다.

4일 내내 뒤졌음에도 아직 반도 뒤지지 못했다.

'젠장… 이대로 반지를 뺏길 수밖에 없나.'

쥐 고기를 씹으며 한숨을 내뱉고 있자니, 문득 기이한 소리 가 들려왔다.

부스럭. 터벅. 벅벅.

"……아, 냄새 때문인지 똥 먹는 기분….”

"잠깐. 조용히 해.”

떠드는 칼콘을 제지한 후, 소리에 정신을 집중했다.

……터벅, 부스럭… 터벅… 부스럭, 벅벅……

바퀴벌레가 기어 다니는 소리, 쥐가 벽을 긁는 소리 사이로 뭔가가 걸어 다니는 소리가 들렸다.

조금 더 정신을 집중했다.

'어느 방향이지?'

하수도 관리 직원일수도 있었지만 상관없었다. 일단 사람 비스무리하다면 일단 확인해 봐야 했다.

……터벅…… 터벅…… 터벅.

'북서쪽. 가까워지고 있다.'

현재 지훈 일행은 동쪽을 뒤지고 있는 중이었다.

만약 차원 여행자가 북쪽에서 시계방향으로 이동하고 있다면, 여태까지 아무런 흔적이 보이지 않은 것도 말이 맞았다.

거기다 아무런 말소리 없이 혼자서 걷고 있었다.

'이 위험한 장소에 혼자서 보수공사를 하러 오진 않을 거다. 무조건 차원 여행자다.'

"나이트 비전 써. 아무래도 목표를 찾은 것 같다."

칼콘과 민우가 바짝 긴장했다.

"지금부터 조심스럽게 이동한다. 내가 손들면 바로 섬광탄부터 까라. 알겠어?"

지훈은 이후 차원 여행자에게 몸이 노출되면 안 된다고 몇 번이나 강조한 뒤, 조심스럽게 이동하기 시작했다.

권능의 반지

52화. 포획작업

NEO MODERN FANTASY STORY

쪼르르르….

버석버석버석.

찍, 찌직 찍.

오물이 흐르는 소리, 바퀴벌레가 기어 다니는 소리, 쥐들이 우짖는 소리 사이로 셋의 발이 조심스럽게 움직였다.

최대한 소리를 죽였으나, 장비 때문에 소리가 크게 울렸다.

철컹, 철컹, 철컹.

칼콘의 갑옷과 작살 때문이었다.

쇠사슬을 잡고도 움직여 보고, 갑옷 관절을 주의하며 움직여 봐도 소리를 완벽하게 차단할 수는 없었다.

– 어떡해?

고민됐다.

기습을 위해선 칼콘을 놓고 가는 게 좋았지만, 그럼 작살을 사용할 수 없었다.

'안 돼. 작살은 무조건 필요하다.'

비록 차원 도약은 하지 못한다지만, 저쪽은 전이계 능력자였다. 중, 단거리 도약으로 도망간다면 잡을 방법이 전혀 없었다.

게다가 남은 시간을 고려했을 때 기회도 딱 한 번 밖에 없었다. 무조건 작살을 박아서 도약을 막아야 했다.

- 어쩔 수 없어. 그냥 최대한 소리 죽여.

- 알겠어.

터벅, 터벅, 터벅.

철컥, 철컥, 철컹.

쇠사슬 소리와 발걸음 소리가 점점 더 가까워졌다.

가늠하건데 서로의 거리는 모퉁이 끼고 약 100M.

이제 코너만 돌면 서로의 모습을 확인 할 수 있었다.

- 민우, 섬광탄 준비해.

- 넵.

- 칼콘, 섬광탄 터지자마자 바로 작살 던지고 다시 숨어.

- 알겠어.

터벅, 터터벅, 터벅, 터터벅….

지훈이 왼손을 들어 준비 신호를 보냈다.

'작살이 박히면 칼콘의 방패를 앞세워 상대방을 제압하자.'

이후 계획을 완벽히 끝내고 주먹을 쥐려는 순간…!

"거기 누구 계세요? 제발, 제발 저 좀 도와주세요…."

어린 여자 목소리가 들려왔다.

'소녀?'

굽히려던 손가락이 파르르 떨렸다.

만약 차원 여행자가 아니라, 정말 길을 잃은 아이라면?

섬광탄이 터진다.

칼콘이 명령 받은 대로 작살을 던진다.

소녀가 작살에 맞는다.

어리고 약한 몸, 그 어디에 맞든 치명상이다.

병원에 데리고 가면 살려줄 순 있겠지만, 시간이 없다.

버려야 한다.

소녀는 죽는다.

소녀가 하수구의 벌레들과 쥐의 뱃속에 들어간다.

지훈은 사회의 법망을 무시하며, 공권력의 손이 닿지 않는 도시의 어두운 그늘에 살던 사람이었다.

본디 심연을 쳐다보면, 심연 역시 나를 쳐다본다고 했던가?

늪에 빠져 허우적거리는 것처럼, 지훈은 뒷골목을 헤맬수록 더 더러운 일, 더 어두운 일을 하게 됐다.

그렇게 시간이 지나자…

처음에는 사람을 해하는 일을 '돈 때문에 어쩔 수 없이 하는 일'로 생각했으나, 언제부턴가는 '그냥 일이니까 하는 것'

으로 변해버렸다.

그렇게 심연 속 괴물마냥 뒷골목을 헤집고 다녔다.

그러던 어느 날.

돈 때문에 불쌍한 모녀를 죽였다.

손에서 피를 씻어내고 있자니, 문득 거울에 비친 자신이 썩어 문드러져 있는 것 같은 기분이 들었다.

나는 뭐지?

사람인가. 아니면 사람을 잡아먹는 괴물인가.

이후 결심했다.

사회의 법망을 무시하는 만큼, 적어도 자기가 정한 룰은 철저하게 지키기로.

절대 죄 없는 사람을 죽이지 않는다.

어린 아이와 여자는 건들지 않는다.

의뢰와 관련이 없는 제 3자에게 피해를 입히지 않는다.

어쩔 수 없는 경우를 제외하곤, 될 수 있으면 위 세 가지를 무조건 지켰다.

물론 저 세 가지를 지킨다고 해서, 과거에 저질렀던 악행과 더러운 일들이 사라지진 않는다는 건 알았다.

하지만 적어도…

사람 잡아먹는 괴물이 아닌, 사람으로 남을 수 있었다.

"살려주세요… 제발 그냥 가지 마세요…"

그 사이 소녀가 점점 더 다가왔다.

시간이 허비되고 있다.

손이 부르르 떨렸다.

- 형님, 어떡해요! 계속 기다려요?

- 빨리! 거의 다 왔어!

지훈이 한숨을 푹 내뱉고는, 손을 내렸다.

공격 중지 표시였다.

- 지훈, 진심이야?

- 애잖아!

- 잘 생각해. 여기는 위험천만한 장소야. 절대 계집애 혼
자서 들어올 수도 없고, 살아남을 수도 없는 장소라고.

맞는 말이었다.

겨우 5일차인데도, 성인 남성인 민우가 탈진 상태였다.

어린 소녀가 절대로 살아남을 수 없는 환경이었다.

- 지훈, 나는 지훈이 하자는 대로 할 테지만. 적어도 나는
저 녀석이 절대 인간 여자아이라고 생각하지 않아.

- 형님께서 그러셨잖아요. 외적인 특징이 전혀 없다고요.
목소리가 작고 여리다고 해서, 그게 무조건 어린 아이라고 보
는 것도 무리라고 봅니다. 하플링도 그렇잖아요.

선택의 순간이었다.

이블 포인트와, 본인의 신념을 무시하고 공격하는가,

아니면 위험을 자초하는 대신 상대방과 대화를 시도하는가.

계산 할 시간 따위 없었다.

본인만 위험해 진다면 상관없었지만, 지금은 민우와 칼콘
이 함께한 상태였다.

알량한 신념으로 동료를 위험에 처하게 할 순 없었다.

'정체를 모르는 소녀보다 내 동료가 더 소중하다.'

왼손을 들어 공격 준비 사인을 보냈다.

철컥!

칼콘과 민우가 각각 작살과 섬광탄을 꺼내들었다.

"말이 통하는 사람이라면… 제발 제 얘기를 들어주세요."

거리는 약 10M.

섬광탄에 직격할 거리였다.

- 던져!

주먹을 쥠과 동시에 민우가 섬광탄을 던졌다.

섬광탄이 거세게 날아가 하수구 벽에 부딪혔고, 다시 튀어 공중에서….

- 눈 감아, 쳐다보면 눈 탄다!

파 - 앙!

어두운 하수도에 날카로운 빛의 파동이 퍼졌다.

"아, 아아아악!"

지훈의 죄책감과 소녀의 비명소리가 동시에 튀었고,

"후!"

칼콘의 작살이 뒤이어 하늘을 날았다.

촤라라라락!

이제 맞기만 하면 일이 끝났다.

소녀였다면 무거운 마음을 이끌고 다시 전진하면 됐고, 차원 여행자라면 그대로 넷 건을 발사하면 됐다.

하지만 작살이 빗나갔다.

깡!

소녀.

아니 차원 여행자가 허공에 손짓하자, 작살이 돌연 휘어져 벽에 처박힌 것이었다!

'빌어먹을!?'

원인은 전이계 능력이었다.

"싸우고 싶지 않아요! 도와줄 게 아니라면 그냥 사라져요. 제발….."

차원 여행자가 비명을 지르듯 소리쳤다.

저 쪽은 싸움을 원하지 않는 듯싶었지만, 안타깝게도 이쪽도 사활에 준할 정도로 중요한 문제였다.

이제 차원 여행자라고 확인했으니 걸릴 것도 없었다.

"칼콘, 방패 앞세워서 전진해! 민우, 섬광탄이랑 연막탄 동시에 까!"

칼콘의 방패 뒤에 딱 달라붙어 전진했다.

현재 차원 여행자는 딱 봐도 부상이 심한 상태였다. 아마 일행을 만나기 전에 큰 싸움을 겪은 모양이었다.

상태가 온전했다면 모를까, 부상을 입은 상태라면 무조건 이길 수 있었다.

"던져!?"

"섬광탄 터질 때 까지 기다려!"

말이 끝나자마자 섬광탄과 연막탄이 동시에 휙 날았다.

파 – 앙!

취이이이!

귀에 짙은 이명이 왔지만, 다행히 직격이 아닌 터라 버틸 수 있었다. 동시에 연막탄도 연막을 뿜어냈다.

"아, 아아악!"

반면 바로 앞에서 섬광탄이 터진 차원 여행자는 바닥을 굴렀다. 고막이 나갈 정도로 큰 굉음을 들었을 터였다.

"던져!"

"으랏!"

칼콘이 두 번째 작살을 던졌다.

훅 하는 소리와 함께 작살이 하늘을 날았다.

하지만 익숙하지 않은 무기였기 때문인지, 작살이 애꿎은 바닥을 때리곤 다시 튕겨 나왔다.

'젠장! 회복하기 전에 제압해야 한다.'

결국 빈토레즈를 꺼내들었다.

'이능 발동, 집중!'

시간이 길게 늘어지며, 주변 사물들이 서서히 늘어진다.

그 사이 지훈은 방패 옆으로 살짝 튀어나와 차원 여행자의 다리를 겨눴다.

조준을 마친 뒤 방아쇠를 당기려는 순간!

– 전방 전이계 이능 사용 감지.

– 매우 위험한 이능입니다. 회피하십시오!

죽음을 예고하는 목소리가 들려왔다.

방아쇠를 당기지 않고 그대로 몸을 다시 방패 뒤로 숨겼다.

퍼억!

방금 머리가 있던 장소에서 괴이한 소리가 들려왔다.

마치 공간이 일그러지기라도 한 것 같았다.

섬뜩했다.

만약 경고가 없었다면 그대로 머리가 터져나갈 상황이었다.

"지훈, 방금 그거 뭐야!?"

"왜곡 같다. 공간 자체를 뒤트는 것 같아. 절대 방패 밖으로 몸 내밀지 마!"

"알겠어!"

급히 이능을 해제해서인지 극심한 어지럼증이 느껴졌다.

당장은 움직이기 어려울 것 같았기에, 바로 칼콘을 보냈다.

"연막 있어서 녀석도 시야가 흐릴 거다. 방패로 후려 쳐!"

"알겠어!"

칼콘이 성난 짐승처럼 달렸다.

쿵쿵쿵쿵!

"오, 오지 마! 끼야악!"

– 전방 전이계 이능 사용 감지.

– 매우 위험한 이능입니다. 회피하십시오!

다시 한 번 이능 사용이 감지됐지만 상관없었다.

노출되지만 않으면 직접적인 공격이 불가능한 이능이었다.

현재 칼콘은 방패로 급소를 전부 막은 상태로 달리는 상황!

상대가 집중 이능이라도 있지 않는 한은 제대로 맞출 수 있을 리 없었다.

퍼석!

그 증거로 칼콘의 방패가 주먹만큼 뜯겨나갔다.

까닭에 머리가 노출돼서 한 번 더 맞으면 위험하겠지만, 이미 칼콘은 차원 여행자 코앞까지 온 상태였다.

"이 개자식아!"

"끼억!"

칼콘이 차원 여행자를 그대로 방패로 들이 받았다.

연막탄으로 흐린 시야 너머로, 작은 인영이 공중에서 반 바퀴 돌아서 바닥에 퍽 쓰러졌다.

"넷 건 준비해."

"알겠습니다!"

마땅한 무장이 없어서 뒤에 빠져있던 민우가 지훈 옆에 딱 달라붙었다.

넷 건을 발사하려는 찰나…!

– 전방 전이계 이동 발동.

'젠장, 또!?'

상대방의 이능은 방어구에 상관없이 공간을 일그러뜨리는 무시무시한 공격이었다.

맞으면 최소 관절 절단 혹은 빈사였기에, 바로 민우를 붙들고 엎드렸다.

"어, 억!?"

지훈과 민우가 넘어지듯 바닥에 찰싹 달라붙었다.

하지만 공간이 뒤틀리는 소리는 전혀 나지 않고, 대신…

우 - 응.

연막 속에 있던 인영이 녹아내리기 시작했다.

'공간 도약!?'

도망가려는 시도였다.

더 이상 시간을 지체할 수 없었다.

식량도 부족했으며, 민우는 이미 한계에 다다른 상태다.

"그냥 보내줄 쏘냐. 칼콘, 작살 박아!"

"알겠어!"

칼콘이 던진 작살이 공간이동 중이던 차원 여행자에게 틀어박혔다.

"끄아아!"

몸에 이물질이 박혔으니, 공간 도약을 해봐야 칼콘도 같이 딸려 갈 터였다.

이제 차원 도약자 따위 독안에 든 쥐였다.

공간 도약을 해봐야 왜곡을 쓰기 전에 칼콘에게 제압될 테고, 이대로 있으면 그대로 그물을 뒤집어 쓸 운명이었다.

이 사실을 차원 여행자도 알았는지, 더 이상 반항하지 않고 움직임을 멈췄다.

"민우. 넷 건."

"알겠습니다!"

푸확!

마지막으로 지훈이 입고 있던 티셔츠를 차원 여행자의 머리에 씌웠다.

'이로서 차원 여행자는 완벽하게 무력화 됐다.'

"저한테… 저한테 왜 이러시는 거예요?"

차원 여행자가 다 죽어가는 목소리로 물었다.

지훈은 아무런 대답도 해주지 않았다. 사실 아쵸푸므자가 왜 차원 여행자가 필요한지도 몰랐다.

단지 반지 사용을 위해 시키는 일을 했을 뿐이었다.

'뒷맛이 찝찝하다.'

그도 그렇게, 아쵸푸므자는 반지를 만들 때 '악인은 사용할 수 없다.' 라는 전제를 걸어놓은 녀석이다.

근데 정작 계약 조건으로 선해 보이는 차원 여행자를 잡아오라고 시켰다.

이래서야 두 얘기가 어귀가 맞지 않았다.

큰 부상 없이 일이 끝났음에도, 왠지 모르게 구린 냄새가 나는 것 같았다.

계속 혼잣말을 하는 차원 여행자를 내버려 둔 채, 하수구 출구에 도착할 무렵…

입구에 한 인영이 보였다.

아쵸푸므자였다.

권능의 반지

53화. 선과 악의 딜레마

NEO MODERN FANTASY STORY

마치 화염처럼 붉은 체크 셔츠와, 물 빠진 스키니 진.

장소와는 전혀 어울리지 않는 캐주얼한 차림에 칼콘과 민우가 바싹 긴장했다.

아무리 세상이 미쳐 돌아가고, 미친 세상에 적응하기 위해 또라이들이 많이 나돌아 다닌다지만, 적어도 제 목숨 갖고 장난질 치는 놈은 없었다.

근데 방사능과 온갖 위험한 짐승 가득한 하수구에 비무장으로 들어왔다?

미친놈 혹은 그만한 실력이 되는 사람이라는 얘기였다.

그리고 둘 다 위험한 건 매한가지였다.

"지훈, 머리가 붉은 인간이야. 백인 같아. 하수도에 침입했다고 밀고할 수도 있어. 죽여야 할 것 같은데."

"저는 잘 모르겠어요… 길을 잃은 건 아닐까요?"

절대 그럴 리 없다.

입구에 방사능과 위험 표시가 덕지덕지 붙어 있었다.

"작살내려. 아군이야."

"응. 근데 저 여자한테 타는 냄새 나. 화약이나 폭탄을 가지고 있는 것 같아."

화약이나 폭탄 정도면 다행이었다. 만약 그녀가 마음만 먹으면 이 주변이 모두 불바다가 될 수도 있었다.

칼콘은 그런 사실을 아는지, 모르는지 코만 킁킁거렸다.

'도대체 어떻게 알고 찾아온 거지?'

과거 악연을 찾아가면서까지 간신히 알아 낸 입구였다.

근데 아쵸푸므자는 아무런 정보 없이 당연하다는 듯 입구에서 기다리고 있었다.

첫 등장, 성향이 변했을 때, 그리고 지금.

모두 지훈의 위치를 모두 알고 있는 것 같았다.

이해할 수 없는 일에 불안함 섞인 호기심이 스쳤으나, 흘려보냈다. 가끔 호기심이 호승심보다 위험한 결과를 초래할 때도 있음을 알기 때문이었다.

"See mõõde Jaya reisida(그게 차원 여행자야)?"

"약속대로 시간 안에 잡아왔다."

지훈은 칼콘에게 눈짓해 매고 있던 차원 여행자를 벽에 눕히게끔 시켰다.

하지만 아쵸푸므자에게 바로 넘겨주진 않았다.

"Hästi tehtud. Mida sa ei taha saada kui tasu(잘했어. 보상으로 뭘 원하지)?"

당장 넘기고 고등급 아티펙트를 받아도 됐다.

사실 그러는 쪽이 위험천만한 마법사를 자극하지도 않아 더 좋은 길임은 알고 있었다.

하지만 그랬다간 마음속에서 뭔가 무너져 내릴 것 같았다.

'적어도 괴물은 되지 말아야 한다.'

가끔 살다보면 손해를 보거나 피해를 입으며 까지 어려운 길을 가는 경우가 몇 번 있다고 했던가.

지훈에게 있어서는 지금이 바로 그 때였다.

"보상이고 나발이고, 그 전에 묻고 싶은 게 있다."

"Aeg on kulla. Okei toetust vähendatakse(시간은 금이야. 보상이 줄어들어도 괜찮다면야)."

"듣는 귀 많은데, 그 좆같은 언어 집어 치워."

"굉장히 공격적이네. 안 좋은 일이라도 있었어?"

아쵸푸므자의 입에서 유창한 한글이 나오자 칼콘과 민우가 신기하다는 듯 한 표정을 지었다.

반면 벽에 기대있던 차원 여행자는 겁에 질린 듯 오들오들 떨었다.

"저게 필요한 이유가 뭐지?"

"저번에도 말했잖아. 설명해 봐야 이해도 못 할 거고, 시간도 길게 늘어진다고. 싫어. 귀찮아."

"칼콘, 내가 신호하면 저 새끼 죽여."

칼콘은 당황했으나, 일단 시키는 대로 차원 여행자의 목에 작살을 들이댔다.

아쵸푸므자가 무슨 이유로 차원 여행자를 원하는지는 알 수 없었다. 하지만 차라리 지금 죽여주는 게 더 나을 수도 있을 거란 생각이 들었다.

"재밌네. 지금 뭐하는 거야?"

"일 시켜먹었으면, 내가 무슨 일 하는 지 정도는 알려줘야 하는 거 아닌가?"

사실 아쵸푸므자가 마음만 먹으면 일행을 모두 죽이고 차원 여행자를 가져갈 수 있다는 건 알았다.

하지만 몸소 나서지 않고 계약을 운운하는 것을 봤을 때 어떤 이유에서든 아쵸푸므자는 지훈이 필요한 걸로 보였다.

'절대 돌발 행동은 하지 않을 거다.'

예상대로 아쵸푸므자가 짜증 섞인 한숨을 푹 내쉬었다.

"나중에나마 내 시간을 허비하게 만든 걸 후회하게 해줄 거야. 저 녀석 풀어줘."

풀어주라는 말에 민우와 칼콘이 기겁을 했다.

손짓 몇 번으로 사람 머리 터트릴 수 있는 녀석이었다.

"집어 치워. 저 새끼 풀어줬다가 도망치면 어쩔 건데?"

"걱정하지 마. 그러면 손수 내가 다시 잡아올게."

아쵸푸므자가 나선다면 걱정할 거 전혀 없었다.

저쪽이 상처 입은 오소리라면, 이쪽은 불 뿜는 호랑이였다.

턱짓하자, 칼콘이 조심스럽게 티셔츠와 그물을 벗겼다.

눈물, 콧물, 침 범벅인 차원 여행자가 모습을 드러냈다.

싸울 때는 자세히 못 봤지만, 몸 여기저기에 파충류마냥 비늘이 돋아 있었고, 코 대신 승모근 주변에 있는 아가미 비스무리한 기관으로 숨을 쉬고 있었다. 눈 역시 각막 위로 순막이 덮여 전체적으로 물고기 같은 인상이었다.

차원 여행자는 재빨리 주변을 훑었다. 그리곤 아쵸푸므자를 보자마자…

"으어어, 어… 어…."

호랑이 앞에 놓인 토끼마냥 오들오들 떨었다.

비명조차 지르지 못할 정도로 큰 공포에 짓눌린 것 같았다.

"Humble olemasolu julge otsida mulle otse(어디 미천한 존재가 나를 똑바로 보는가)?"

차원 여행자가 바로 바닥에 머리를 박고 뭐라 웅얼거렸다. 너무 작은 까닭에 아가미가 꿀럭거리는 소리만 들렸다.

"가, 감히 미천한 도약자가 위대하신 높은 분을 뵙습니다."

"Kus on hüpata moosi(점프 잼은 어디 있지)?"

"이 차원에 왔다가… 사냥꾼들에게 쫓겨 잃어버렸습니다. 분명 이 하수도 주변에 있을 것 같은데…."

"Kas see kutt teeb(그 녀석의 짓인가)?

"감히 제가 그 분의 이름을 입에 얹어도 되겠…습니까?"

아쵸푸므자가 거만한 자세로 발을 두 번 굴렀다.

"하즈무포카님의 하수인 이었습니다… 점프 잼을 원하시

는 것 같았습니다… 저는 거기에 저항…."

"Lõpeta. Nüüd ei ole hüpata moosi(그만. 그래서 지금은 점프 잼이 없다는 거군)?"

"예…."

"Tee valik. Ohdeonga leida hüpata moosi, hadeonga toime neli isiklikku mulle(선택해라. 점프 잼을 찾아오던가, 아니면 네 신변을 내게 의탁하던가.)"

차원 여행자는 고민하듯 눈동자를 굴렸다.

"잠시 능력을 사용해도 되겠나이까?"

"jah(해)."

차원 여행자가 조심스럽게 일어나 기도하듯 양손을 포갰다.

— 전방 전이계 이능 사용 감지. 주의하십시오.

사방이 박혀있는 터라 바람이 불 리가 없음에도, 마치 미풍이 지나간 것 같은 착각이 느껴졌다.

바람이 온 몸을 핥는 것 같은 느낌도 잠시.

우으으으응!

칼콘의 배낭이 진동하기 시작했다.

"이, 이거 갑자기 왜이래!"

"haj(하)?"

찝찝한 기분에 정신없던 지훈은 문득 며칠 전 하수구에서 이상한 구체형 아티펙트를 주웠던 걸 떠올렸다.

'설마!?'

재빨리 칼콘의 배낭을 뒤져 점프 잼을 꺼냈다.

차원 여행자의 눈은 터질듯이 부풀어 올랐고, 아쵸푸므자는 재미있다는 미소를 지었다.

'Apostel on päde(이번 사도는 유능하군).'

"당신이 그걸 어떻게…."

그저 우연이었다.

그렇게 밖에 말할 수 없는 게, 칼콘이 지나가다 뭔가 반짝인다며 주워온 게 다였다.

하지만 가끔은 우연을 가장한 필연이 어이없는 곳에 엮이기도 하는 게 인생이었다.

"이게 필요한 모양이지?"

"Asenda olete(대용품이 있었군)."

점프 잼을 들이밀었다. 아쵸푸므자가 미소만 짓고 있자, 차원 여행자가 끼어들었다.

"도, 돌려주세요. 그건 굉장히 위험한 물건입니다. 가지고 계시면 분명 차원협회의 대행자가 회수하러 올 겁니다."

"하지만 그 전에 팔아 치우면 너한테는 아무런 피해가 가질 않겠지."

일부러 칼콘과 민우가 들으라는 듯, 아쵸푸므자는 한글로 말했다. 차원 여행자의 눈에 절망이 스쳤다.

"나는 사실 차원 여행자든 점프 잼이든 어느 쪽이든 상관없어. 둘 중 하나만 있으면 돼. 뭘 줄지 선택은 네가 해."

하지만 아쵸푸므자는 차원 여행자 따위 안중에도 없다는

듯, 지훈에게 무거운 선택지를 떠넘겼다.

"점프 잼… 이것만 있으면 차원 여행을 할 수 있는 건가?"

상황으로 보건데 점프 잼은 분명 차원 도약을 도와주는 도구였다. 그 까닭에 점프 잼을 분실한 차원 여행자가 하수도를 헤매고 있었고 말이다.

"아마 가쉬가 아닌 이종족이 사용하면 한 번 사용하고 나서 깨질 거야. 그래도 좋다면, 갈 수는 있겠지."

도착지가 어디가 될지도 모르고, 다시 돌아올 수 있을지도 모르는 일방향 관문이라는 얘기였다.

"차원이 뭔지는 모르겠지만, 공간이동 도구는 굉장히 비싼 걸로 알고 있어 지훈. 우리가 발견한 건데 굳이 넘겨줘야 할까?"

칼콘은 탐욕스럽게 말하자, 차원 여행자가 좌절했다.

"가, 가격을 들으면 저도 흔들릴 것 같지만… 그래도 굳이 살릴 수 있는데 돈 좀 벌자고 누구 팔아넘기는 건 좀… 게다가 저거 일방향이잖아요. 지옥으로 갈지도 모르는데 누가 쓰고 싶어 하겠어요. 분명 얼마 안 할 거예요. 아마도…."

반면 민우는 씁쓸한 표정을 지었다.

현실과 이상을 두고 타협을 하고 있는 것 같았다.

"어차피 선택은 네가 하는 거야. 저들 말에 신경 쓰지 마."

마지막으로 아쵸푸므자는 어느 쪽이라도 좋다고 말했다.

본디 인생은 어려운 선택의 연속이라고 했던가.

할 수 있는 일은 다음과 같았다.

1 - 차원 여행자를 넘기고, 점프 잼을 챙긴다.
2 - 점프 잼을 넘기는 대신, 차원 여행자를 풀어준다.

아쵸푸므자 성격 상 점프 잼을 챙겼다고 준다고 약속 한 보상을·없애진 않을 것 같았다.

점프 잼을 챙기면 이블 포인트가 오를 게 분명했지만, 그에 준하는 보상을 얻을 수 있다.

반면 점프 잼을 넘긴다면 차원 여행자는 자유를 얻을 수 있었지만, 추가 보상은 포기해야 한다.

'결국 타인의 목숨과 돈을 두고 결정하라는 건가.'

선과 악의 딜레마였다.

만약 지현의 목숨을 구하기 위해 돈이 급했던 옛날이라면, 서슴없이 점프 잼을 챙겼겠지.

하지만 지금은 얘기가 조금 달랐다.

헌팅을 하며 주기적인 수입을 올릴 수 있었고, 이블 포인트 문제도 생각해야 했다.

점프 잼.

목적지를 알 수 없는 일방향 차원 포탈 생성기.

연구 물품으로 팔아봐야 세금 떼고 최대 10억이었다.

인당 100억 쯤 되면 모를까, 세 명이서 나눠서 3억 가지고 고민하기엔 수지가 맞지 않았다.

생각 정리는 모두 끝났다.

결정에 앞서 칼콘에게 물었다.

"네가 발견한 건데, 내가 결정해도 괜찮겠냐?"

"괜찮아. 난 항상 지훈의 의견을 존중해."

소유권자의 결재도 떨어졌다.

"이딴 싸구려 돌멩이 하나에 내 양심과 신념을 팔기엔 너무 아깝지. 가져, 새끼야. 내 양심을 갖고 싶으면 더 큰 물건을 가져와야 할 거다."

점프 잼을 아쵸푸므자에게 던졌다.

10억이 날아가는 순간이었음에도, 누구하나 아깝다는 표정을 짓지 않았다.

"좋아. 나는 이걸로 충분해."

아쵸푸므자는 만족스러운 미소를 지었다.

'Agendid hea ja kurja keskel, südamesse. Seekord ma usaldan(선과 악의 경계에 있는 사도라. 마음에 들어. 이번엔 끝까지 믿어도 되겠어).'

"이걸로 이번 부탁은 끝이야. 수고들 했어."

이후 아쵸푸므자는 차원 여행자에게 뭐라고 속삭였다.

"너는 이제 필요 없어. 특별히 고향으로 돌려보내 주지. hüpe nimetus(지정 전이)."

그 말이 끝나자마자 차원 여행자의 몸이 서서히 옅어지기 시작했다. 차원 여행자는 아쵸푸므자에게 몇 번이나 감사 인사를 전한 뒤, 지훈을 쳐다봤다.

"고맙습니다. 이 은혜는 차원 여행자의 이름을 걸고 꼭 잊지 않겠…"

"개소리 집어 치워. 너 좋아서 한 거 아니다."

"그래도 고맙습니다."

우응 –

인사를 마지막으로, 차원 여행자가 모습을 감췄다.

– 본인의 희생을 무릅쓰고 타인을 구했습니다. 이블 포인트가 2 감소했습니다.

– 티어가 올랐습니다. 확인해 주세요.

"좋아. 그럼 이제 보상 얘기를 해볼까."

"시간이 너무 많이 허비돼서 좋은 건 못 줘."

"상관없다."

아쵸푸므자는 한 쪽 얼굴을 비틀었다.

"근데 저 둘은 뭐야?"

칼콘과 민우를 지칭하는 것 같았다.

친구, 부하, 하수인, 고용인 등 많은 단어가 있었지만 지훈의 생각한 말은 딱 하나였다.

"동료다."

동료.

칼콘은 머쓱한지 픽 하고 웃었고, 민우는 뭉클한 듯 코를 훌쩍였다.

"그럼 저 녀석들도 챙겨줘야겠네. D pookimise, pesakond ladu(차원 접붙이기, 잡동사니 창고)."

아쵸푸므자의 손짓이 끝나자, 하수구 벽 한편이 울렁거리더니 괴상한 포탈이 생겨났다.

"제한 시간 5분. 한 손으로 들고 나올 수 있으면 뭐든 챙겨도 좋아. 시간이 지나면 영원히 갇히게 되니까 참고해."

"어, 어? 네?"

민우가 머뭇거렸지만, 아쵸푸므자는 2번 설명하지 않았다.

"그럼 다음에 봐. 아마 3달 정도 걸릴 거야."

우웅 —

항상 그랬듯, 아쵸푸므자는 신기루처럼 사라졌다.

그 모습이 꿈결 같아 눈을 부빈 민우와 칼콘이었지만, 이내 현실임을 깨달았다.

포탈이 사라지지 않았기 때문이었다.

남은 시간 4분 49초.

물건을 챙겨야 했다.

"뭐해, 새끼들아. 빨리 짐 내려놓고 달려!"

지훈은 멍하니 서있는 칼콘과 민우에게 소리를 지른 뒤, 바로 포탈 안으로 몸을 던졌다.

온 몸이 팽팽해지는 것 같은 착각과 함께…

우웅 —

권능의 반지

54화. 창고 털기

NEO MODERN FANTASY STORY

아공간.

어느 누군가에게는 익숙하고 어느 누군가에게는 생소한 개념이겠지만, 대충 주머니 차원(포켓 디멘션)으로 보면 편했다.

강력한 마법사 혹은 용사 또는 그에 준하는 존재들이 가지고 있는 일종의 창고였으나….

거기에 온갖 물건들, 심지어 생명체까지 우겨 넣는다면?

아쵸푸므자의 주머니 차원이 그랬다.

처음엔 물품 관리를 위해 마법 창조물과 그 창조물들의 생존에 필요한 약간의 에너지원을 넣은 게 다였다.

하지만 어쩌다 보니 누군가의 부탁으로 떠맡아 버린 작은

종족도 집어넣고, 겁 없이 덤벼든 인간도 몇 처박아 버리다
보니….

어느새 주머니 차원은 창고가 아닌 하나의 작은 세계(차원)
으로 변해 있었다.

작은 종족은 아쵸푸므자를 신으로 숭배했고, 길 잃은 인간
은 마왕 노릇을 했으며, 마법 생명체는 짐승마냥 뛰놀았다.

◈

그 세계 속 작은 종족들의 신전 안.

한 사제가 눈물을 흘리며 기도를 하고 있었다.

"아아, 신이시여. 어째서 긴 시간동안 침묵 하시오니까."

신전 한 구석에는 안대와 귀마개를 차고 재갈을 물은 아쵸
푸므자의 동상이 세워져 있었다.

– 보지도, 듣지도, 말하지도 못하는 위대한 그 분.

"제가 기도해도 보고 듣지 못하시며, 제 기도에 답도 해 주
시지 못하신다는 것은 잘 압니다. 하지만, 그럼에도 당신께
이렇게 매일 기도를 올리나이다…."

사제가 신전 바닥에 엎드렸다.

"매달 사악한 마왕에게 처녀를 바친 지 벌써 2년입니다.
제발 제 기도를 듣고 계시다면, 이 세계에 조금이라도 관심이
있으시다면… 사악한 마왕을 없애 주소서…."

사제의 절실한 기도를 신께서 들어주신 걸까?

쿠궁, 쿠구구구구─

작은 진동과 함께, 신전 창문 너머로 하늘이 갈라졌다.

오색찬란한 무지개와, 형언할 수 없을 정도로 깊은 암흑이 함께하는 기묘한 광경이었다.

그리고 그 암흑 속에서, 거대한 인간 하나가 뚝 떨어졌다.

쿠웅!

사제는 그 상황에 깜짝 놀랐으나 금방 정신을 차렸다.

"처, 천사? 그 분께서 우리에게 천사를 보내셨도다!"

놀라고 있을 때가 아니었다.

사제는 최대한 빨리 움직여 신전 옥상으로 향했다.

'저 분께 내 뜻을 전해야 한다!'

아무도 없는 옥상. 사제가 숨을 들이마시자, 이후 거대한 인영 2개가 더 나타났다.

✧

포탈 안으로 들어가자 마치 미니어처 장난감 같은 세계가 펼쳐졌다.

잘못 온 거 아닌가 싶어 잠시 멍하니 있자니 파리 앵앵 거리듯 작은 목소리가 들려왔다.

─ 천사님, 드디어 제 기도를 들어 주셨군요!

'뭐? 천사?'

세상이 얼마나 미쳤으면 천사가 총 들고 사람 잡으러 다니나 싶기도 잠시.

시간제한이 있었기에 퍼뜩 정신을 차렸다.

'뭐, 뭘 가져가지?'

지금 지훈은 작은 도시 한 가운데였다.

"여, 여기 뭐야? 이상해."

"형님. 그, 그냥 나갈까요?"

뒤따라 들어온 칼콘과 민우가 불안한 듯 말을 떨었다.

그도 그럴게, 창고는 개뿔 소인국에 온 느낌이었다.

들고 갈 만한 물건은 하나도 보이질 않았다.

'젠장, 도대체 아티펙트는 어디있는거야?'

그러는 사이 벌써 10초가 지나가 버렸다.

남은 시간은 4분 30초.

애가 타기 시작했다.

- 제 말을 들어주세요, 천사님들!

"씨발, 꺼져. 나 바빠!"

작은 사제는 순간 멍한 표정을 지었다.

천사라고 감쪽같이 믿고 있었는데, 천사라는 양반 입에서 대뜸 욕이 튀어 나왔으니 그럴 수밖에.

그럼에도 사제는 애써 정신을 추슬렀다.

종종이 다른데 어찌 문화가 같겠냐고 애써 합리화했다.

- 마왕을 토벌해 주십시오! 못된 마왕이 매달 처녀를 바치라고 하고 있습니다!

"알아서 해라. 나 바쁘다."

천사, 아니 지훈은 쳐다도 보지 않고 주변을 두리번거리며
물었다.

– 만약 토벌해 주신다면, 고대인들의 물건이 쌓여 있는 장
소를 가리켜 드리겠나이다!

'미친놈들이 나보고 천사라면서 무슨 천사한테 딜을 쳐?'

속으로는 불평했으나, 솔깃한 제안이었기에 되물었다.

"그래서 그 마왕새끼 어디 있냐."

어차피 사람이 작다면 마왕도 작을 터였다.

빠르게 이동해서 가볍게 밟아주면 끝났다.

'멀면 포기하고, 가까우면 빨리 끝낸다.'

그때 가까운 산 속에서 쿵 하고 작은 먼지구름이 생겼다.

– 저기, 저 산입니다. 지금 일어서는 놈이 마왕입니다!

셋의 눈이 바로 마왕에게 향했다.

'뭐여, 저건 또 뭔데 인간 크기야?'

마왕 역시 지훈 일행을 보고 적잖이 놀란 것 같았다.

"허, 허, 헉? 인간? 누구십니까?"

지훈은 대답하지 않고 사제에게 물었다.

"저게 마왕이냐? 저거 때려잡으면 돼?"

– 예, 맞습니다! 어서 토벌해 주십시오.

슬쩍 시간을 살폈다.

남은 시간은 4분 이었다.

거리는 약 50M. 왕복 20초 정도 거리였다.

'가속 쓰면 대충 10초.'

"콜, 새끼야. 구라면 손모가지 날아간다."

지훈은 사제의 대답은 듣지도 않고, 칼콘과 민우에게 혹시 모르니 들고 나갈 거 미리 챙겨놓으라고 언질 했다.

이후 바로 가속 이능을 발동하고 달렸다.

쿵, 쿵, 쿵, 쿵!

도시의 도로들이 지훈의 하중을 이기지 못하고 박살났지만, 지금 그딴 거 신경 쓸 새 없었다.

순식간에 마왕(?)이라는 놈에게 달려갔다.

"자, 잠시 만요. 뭔가 오해가 있는 모양입니다."

녀석은 변명을 하고 싶은 모양이었지만, 지금 그딴 거 들어줄 시간 없었다.

"씨발. 나 바쁘니까 그냥 마왕해, 새끼야."

"저 마왕 아니…."

지훈이 바로 마왕(?)을 향해 점프했고, 그대로 녀석의 상체에 드롭킥을 박아 넣었다.

쾅!

– 와아아아! 마왕이 쓰러졌다!

다시 일어나 전속력으로 사제에게 돌아왔다.

남은 시간은 3분 50초.

– 감사합니다, 천사님. 저 마왕은 정말 사악….

"씨발, 됐고. 위치, 새끼야. 위치!"

– 어… 저기, 그게… 바다 넘어 섬에 있습니다.

사제가 수평선(?) 너머로 보이는 섬을 가리켰다. 섬에는 사제 말대로 사람이 들어갈 만한 거대한 건축물이 보였다.

"야, 가자!"

바로 움직여야 했음에도 민우가 움직이질 않았다.

"뭐해!"

"저 수영 못해요! 그냥…."

"쾅, 마. 진짜! 그냥 여기 있어 새끼야."

결국 지훈과 칼콘이 전속력으로 달려 바다에 도착했다.

남은 시간 3분 30초.

바다라고 해봐야 거인인 지훈 입장에선 수영장 정도로 밖에 보이질 않았다.

전력으로 수영하기 위해 바다에 발을 넣은 순간…!

첨벙.

첨벙, 첨벙.

물이 허벅지까지 밖에 오질 않았다.

'이게 바다라고? 지금 나랑 장난해?'

칼콘이 뒤로 돌아 민우를 부르려고 했으나, 제지했다.

"시간, 새끼야. 시간! 그냥 가!"

물을 해치며 전속력으로 달렸다.

남은 시간 3분.

섬에 도착하자마자 지훈은 바로 창고로 달려가, 그대로 문을 걷어찼다.

각성한 지훈의 육체에 전속력으로 달린 속도까지 합쳐지니

철문이 무슨 대나무마냥 부러졌다.

쾅!

창고 안에는 금화가 산더미처럼 쌓여 있었는데, 드문드문 검이나 갑옷 같은 물건들도 섞여 있었다.

'아티펙트!'

잡동사니 창고였기에 저게 아티펙트가 아닐 수도 있었지만, 적어도 동전보다는 훨씬 가능성이 높았다.

"아무거나 골라. 한 손에 들 수 있는 걸로!"

둘이 나서서 물건을 고르려는 찰나, 보초로 보이는 돌덩이가 다가왔다.

"무단 침입. 무단 침입. 배제합니다."

"주인이 허락, 새끼야. 허락! 아까부터 이 새끼고 저 새끼고, 진짜!"

지훈은 분노를 담아 여왕의 은혜를 휘둘렀다.

뻑! 하는 소리와 함께 돌덩이가 산산조각이 났다.

이제 방해꾼도 없어졌으니, 빠르게 달려 물건을 뒤졌다.

'뭘 가져가지?'

마음먹고 마력부여 할 생각으로 만든 인위적인 아티펙트만 모를까, 자연 아티펙트는 등급이 좋다고 해서 겉모습까지 번쩍이지 않았다.

까닭에 아무거나 집었다간 복불복이 될 수 있었다.

이에 시간이 촉박한 지훈이 선택한 방법은…

"에라, 안 부서지는 거 아무거나 가져가자!"

여왕의 은혜로 모조리 때려보는 거였다.

쾅! 쾅! 쾅!

…….

지훈은 다행히 여왕의 은혜로 부술 수 없는 장갑을 한 켤레 찾아냈지만, 불행하게도 칼콘은 아티펙트가 없었다.

"뭐 좋은 거 찾았나?"

"나 이렇게 들고 갈 거야!"

칼콘이 선택한 방법은 최대한 뭉쳐서 들고가는 거였다.

아쵸푸므자는 분명 '한 손으로 들고 나올 수 있는' 이라고 말했다. 개수 제한 없이, 들고 나올 수 있기만 하면 됐다.

이에 칼콘은 망토를 하나 들어 몽둥이에 둘둘 말았고, 그 몽둥이를 갑옷에 끼워 총 세 가지 물건을 챙겼다.

"지훈은?"

"나도 끝났다."

"가자!"

지훈과 칼콘이 뒤도 돌아보지 않고 달렸다.

남은 시간 1분 30초.

창고 밖으로 나와, 바다를 건너, 다시 신전 앞으로 갔다.

남은 시간 30초.

각자 하나씩 챙긴 지훈, 칼콘과 달리 민우는 맨손이었다.

"물건, 새끼야. 물건!"

"없어요! 건물?"

"그걸 왜 뜯어!"

달려가고 있자니, 신전 옆에 노랗게 반짝이는 아쵸푸므자의 금상이 보였다.

크기를 보니 어째 트로피마냥 한 손에 딱 잡을 수 있을 크기였다.

"야, 저거. 금덩이!"

민우도 알아채고 급히 아쵸푸므자를 뜯기 시작했다(?).

남은 시간 20초

하지만 단단히 고정되어 있는 까닭에 잘 뜯기질 않았고….

"비켜!"

결국 지훈이 달려와서 금상을 발로 차버렸다.

뽁!

빙글빙글 날아가는 금상을 그대로 민우가 받아 들었다.

남은 시간 10초

- 감사합니다, 천사님들! 안녕히 가세요!

"감사는 개뿔, 꺼져!"

소인들의 환대를 받았다.

남은 시간 5초.

"야, 야. 포탈 닫힌다! 달려!"

지훈이 가속 이능을 이용해 제일 먼저 포탈을 빠져나갔다.

남은 시간 3초.

"으아아아아! 나도, 나도!"

칼콘이 몽둥이를 앞세워 포탈을 통과했다.

남은 시간 2초.

"어, 어, 어!"

민우가 달렸으나, 시간이 부족했다.

민우의 눈동자에 짙은 그림자가 드리웠다.

- 시간이 지나면 영원히 갇혀.

'내 인생이 이렇게 어이없게 끝난다고?'

포탈이 점점 더 작아지기 시작했다.

남은 시간⋯

1초.

민우는 자기가 저 포탈을 넘을 수 없을 거라 직감했다.

내심 나쁘지 않은 인생이었다고 생각하기도 잠시.

포탈 안에서 손이 튀어나왔다.

"억!?"

그 손은 민우의 멱살을 잡고는 그대로⋯

쑥!

남은 시간.

0초.

우우우웅 -

민우가 나가자마자 포탈이 사라졌다.

⊕

훗날.

주머니 차원의 주민들은 이 사건을 '5분 강림' 이라 불렀다.

- 기도를 들어주신 우리의 아쵸푸므자께서 세 명의 천사를 내려주시니, 한 명은 입이 험한 천사였고, 한 명은 엄니가 튀어 나왔으며, 한 명은 노란 로브를 뒤집어쓰고 있더라.

 - 대사제가 천사들께 "마왕을 토벌해 주십사." 하자, 입이 험한 천사가 "씨*!" 이라 말하며 달렸고, 이에 땅과 들이 무서워 벌벌 떨었다.

 - 입이 험한 천사께서 마왕에게 다가가 한 번 더 "씨*!" 이라 외치자, 마왕이 두려움에 벌벌 떨며 넘어졌다. 여기까지가 겨우 1분밖에 걸리질 않았다.

 - 이후 엄니 천사와, 입이 험한 천사가 땅에서 볼 일을 보고 있자니, 노란 천사는 자애로이 우리를 굽어보았다.

 - 3분이 지난 뒤, 두 천사가 돌아오고 이에 노란 천사가 물으니, 입이 험한 천사가 "저거, 씨*!"이라 외쳤고. 이에 노란 로브 천사는 아쵸푸므자께서 우리의 기도를 듣고 있음을 말하기 위해 아쵸푸므자님의 금상을 떼어 가시네.

 - 이후 떠나는 세 분께 감사 인사를 전하자, 천사는 자애로운 표정으로 "꺼져, 씨*!"이라 답했도다.

"기도하겠습니다."

지훈과 독대했던 사제가 말했다.

그는 이제 일반 사제가 아닌, 대사제가 되어 있었다.

"더 이상 눈과 귀를 막지 않으신 위대한 그 분이시여. 항상 저희에게 거룩한 은총을 내려주셔서 너무 감사하고, 저희의 거처를 유지해 주심에 무한한 감사를 전해 드리나이다."

대사제가 말을 이었다.

"천사님들께서 신의 뜻을 받들었음을 뜻하는 단어를 다 같이 외겠습니다. 복창하십시오, 씨*."

경건한 분위기 속.

대중들 사이에서 엄숙하게 '씨*.' 소리가 흘렀다.

"당신의 뜻이, 밖에서처럼 안에서도 모두 이루어지길 기도하나이다."

기도가 끝나자 다시 한 번 '씨*.' 소리가 들렸다.

정작 문헌에 '세 천사'라고 기록 된 본인들이 보면 기절초풍할 내용이었음에도, 소인들은 아무렇지도 않게 계속 '씨*'이라는 말을 입에 담았다.

안타까운 광경이었으나, 내버려 두는 게 좋을 것 같았다.

모르는 게 약이라는 말이 괜히 있겠는가.

✥

[정산]

획득.

아쵸푸므자 모양을 한 순금상 (10kg, 약 4억 2천만 원)

C등급 이상의 아티펙트 (최소 5000만 원 이상)

몽둥이, 망토, 갑옷 (미식별. 알 수 없음)

지출.

고속도로 톨게이트 비용 : 36만 원. (왕복)

벤츠 기름 값 : 52만 원. (왕복)

고속도로 휴게소 식사 및 간식비 : 140만 원 (!)

작살 3개 : 45만 원.

넷.건 : 200만 원.

암흑 마법 스크롤 : 600만 원.

MRE 6봉 : 28만 원.

칼로리 바 6개 : 5000원.

침낭 하나 : 15만 원.

하수도 지도 : 500만 원.

방사능 보호 복 대여비 : 45만 원.

총액.

물건 미정산시, 1661만 5000원 지출.

물건 정산시, 4억 6000만 원 획득.

비고.

모든 금액은 지훈이 지출 함.

[결과]

[지훈]

현금 1661만 5000원 지출.

C등급 이상 아티펙트 획득. (약 5000만 원 예상)

– 장비 손상 : 티셔츠 1장

– 부상 : 미약한 방사능 피폭.

– 능력 : 티어 업 1번, 이블 포인트 2 감소

– 기타 : 신념을 지킴으로써, 사람으로 남음.

– 잔고 : 약 1억. (아티펙트 미처분 기준)

[칼콘]

망토, 곤봉, 갑옷 획득. (미감정)

– 장비 손상 : F등급 방패 박살. (수리 불가)

– 부상 : 미약한 방사능 피폭.

– 능력 : 각성자 전투 경험. 투척물 경험, 근력 + 1

[민우]

아쵸푸므자 형상을 한 금상. (10kg)

– 장비 손상 : 없음.

– 부상 : 똥독 감염, 탈수, 식중독.

– 능력 : 저항 − 1, 근력 +1, 민첩 +1

권능의 반지

55화. 낭랑 18세, 칼콘

NEO MODERN FANTASY STORY

병원에서 아무것도 하는 것 없이 누워있는 건, 사람을 굉장히 피폐하게 만드는 것 중 하나였다.

활동적인 사람은 더 그랬는데, 특히 지훈이 그 과였다.

결국 지루함을 이기지 못하고 미라마냥 쪽쪽 말라가는 가운데, 재미있는 구경거리가 생겨 그나마 다행이었다.

"이봐, 인간 아가씨. 나 안 아프다니까. 그러니까 제발 그 바늘 좀 놓고 얘기해."

칼콘이 간호사의 양 손목을 부여잡고 말했다.

표정과 말투에는 애써 두려움을 지운 표시가 났으나, 손은 그렇지 못했는지 덜덜 떨리고 있었다.

"안 돼요. 방사능이라 꼭 혈액검사 해야 한다니까요?"

"아니 아픈 곳이 없는데 내 소중한 피를 왜 뽑아가. 진짜야, 나 지금 엄청 팔팔해."

방사능은 조금 쬔다고 해서 즉효가 나는 물건이 아니었다.

피폭 효과라고 해봐야, 자다가 코피 한 번 쏟은 게 다였다.

이에 방사능에 대해 모르는 칼콘은 '별 거 아니네.' 하는 태도를 고수했지만, 방사능 피폭이 얼마나 위험한지 아는 간호사는 절대 안 된다며 계속 주사기를 들이 밀었다.

"생니 뽑히거나 자다가 피 토해봐야 정신 차릴래요?"

생니가 뽑힌다는 말에 칼콘이 잠시 버벅거렸다.

"오크 엄니도 뽑혀?"

칼콘에게 있어 엄니의 존재는 그 자체로 훈장이오, 영광이며, 강한 수컷이라는 증거였다.

주먹질은 일상다반사에 매일같이 전쟁 나가서 치고 박는 종족이 바로 오크였다. 그러니 엄니가 붙어 있다는 건 곧 '아 저 놈 싸움 좀 하는구나.' 하는 증거였던 것.

그 중요한 엄니가 전투 때문에 뽑힌 게 아니라, 방사능 같은 어이없는 걸로 쑥 뽑힌다?

절대 안됐다.

"아마도요?"

간호사는 교모하게 말을 돌렸다.

생니가 빠질 정도로 피폭되려면, 러시아 하수도 기준 1년 정도 쥐랑 바퀴벌레랑 친구하며 뒹굴어야 했다.

하지만 사실을 말했다간 분명 칼콘이 '싫어. 그럼 피 안 뽑아.' 라고 할 게 안 봐도 비디오였다.

"어, 어서 꽂아라."

"진짜 꽂습니다?"

칼콘이 제 팔 내어주는 장군마냥 비장한 표정을 지었다.

둘의 합의가 이뤄지자 마자 간호사는 바로 알콤솜을 문지르고는 주사기를…

푹!

"끄아아아아아아아!"

겨우 2~3mm짜리 주삿바늘 들어갔거늘, 무슨 저격총에 맞은 것 같은 비명이 울렸다.

주사기 안으로 신선한 피가 차올랐다.

그렇게 채혈까지는 문제없이 잘 진행됐다.

"끝났어요. 이제 뽑을게요."

간호사는 드디어 피를 뽑았구나, 하는 심정으로 주사기를 당겼지만…

"어?"

꾸욱, 꾸욱.

뽑히질 않았다.

칼콘이 긴장해서 팔에 힘을 꽉 주고 있기 때문이었다.

힘주면 잔뜩 부풀어 올라, 침 꽂은 모기도 도망가지 못하게 만드는 풍선 근육이었다.

주사기 따위 빠져나갈 수 있을 리가 없었다.

"이거 왜 이러지?"

"빨리 안 뽑고 뭐해!"

칼콘은 제 탓인지도 모르고 버럭 소리를 질렀다.

결국 위축된 간호사가 깜짝 놀라 주사기를 세게 당겼고…

뽁!

빠졌다.

바늘 빼고 주사기만.

그럼 바늘은 어디에 갔을까?

"끄아아아아!"

당연히 칼콘 팔에 박혀있었다.

◈

칼콘이 난리를 치는 바람에 결국 수간호사가 찾아왔다.

근육 특성상 긴장을 풀지 않는 이상 바늘이 절대 뽑힐 수
없음을 알았는지, 수간호사는 초콜릿을 들고 왔다.

"잠깐 드시고 계세요."

"머, 먹는 동안 뭐 하려고!"

칼콘이 상처받은 짐승마냥 눈을 희번덕거렸다.

"아무것도 안 해요. 걱정하지 마요."

"진짜야?"

"아무렴요."

칼콘이 초콜릿을 우적거렸고, 잠시 긴장이 풀린 사이 수간
호사가 바늘을 쑥 하고 뽑아냈다.

"어? 어?"

칼콘은 그 모습을 멍 하니 보고만 있었다.

"다 큰 어른이 뭐 그렇게 주사를 무서워해요?"

수간호사는 핀잔을 주며 칼콘의 신상명세를 훑었다.

크라카투스 콘트레스 보더워커.

M, 21.

"아, 미안합니다."

수간호사는 슬쩍 말을 고쳤다.

칼콘은 본인은 한 사람의 몫을 다 하는 전사라고 주장했으나, 주사바늘에 패배한 직후라 설득력이 없어 보였다.

간호사 무리가 나가자 지훈이 낄낄거리며 웃었다.

"또라이 새끼야. 총 맞는 건 안 무서우면서 어떻게 바늘을 무서워 하냐."

칼콘의 얼굴이 수치심으로 확 붉어졌다.

"그런 거 아니야. 지훈, 봐봐. 피는 생명의 상징이라고. 근데 저 녀석들이 내 생명력을 강탈하려고 했어!"

약이나 몇 번 타다 먹었지, 바늘을 한 번도 못 본 입장에서는 그럴 수도 있겠거니 싶었다.

하지만 관용은 관용이고, 장난은 장난이었기에 지훈은 한참이나 그 껀덕지로 칼콘을 놀려먹었다.

긴 웃음이 지나간 후, 민우가 슬쩍 칼콘을 쳐다봤다.

"칼콘, 몇 살이에요?"

"어디보자… 이쪽 나이로, 아마 22살일 걸?"

민우가 혼란스러운 표정을 지었다.

'우유 대신 술을 처먹었나, 얼굴이 무슨…'

신진대사 빠르고, 수명이 짧은 오크는 13살 이면 성인이었다. 당연히 인간과 동일선상에 놓을 수 없었다.

하지만 전문가 빼고는 별 관심 없는 사실이었기에, 민우는 슬쩍 얼굴을 굳혔다.

민우는 24살이다.

칼콘은 21살이다.

민우가 3살이나 많다!

하지만 여태 민우는 당연하다는 듯 칼콘에게 존대를 했다!

"칼콘, 나보다 어리네?"

민우가 은근 슬쩍 칼콘에게 하대했다.

"응. 내가 어리네. 근데 왜 말이 짧아?"

칼콘이 이해가 되지 않는다는 얼굴로 물었다.

문화 차이에서 온 상반된 반응이었다.

유교주의가 짙은 한국에서 자란 민우에게 있어서는 당연히 나이 혹은 계급이 곧 서열관계였다.

하지만 계급이 존재하지 않는 개인 팀이었으니 당연히 나이만 놓고 계산하면…

지훈 – 민우 – 칼콘

순이 됐다.

반면 힘 있는 자가 곧 권력을 취하는 경쟁사회에 살았던 칼콘에게 있어서는 개인의 무력이 곧 서열관계였다.

이에 따르면 아래와 같았다.

지훈 – 칼콘 – … … … – 민우

나이로 따지면 민우가 3살 많았으나, 칼콘이 보기에 민우는 오크 소년보다도 못한 나약한 존재였다.

"그, 그야 내가 나이가 많으니까!"

"나이? 그게 무슨 상관이야. 네가 나보다 약하잖아."

서로가 서로의 문화를 모르니 당연히 충돌했다.

"칼콘, 봐봐. 본디 모든 생명체는 나이가 많은 존재를 존중해야 하는 거야."

"존중? 어차피 나이 들어서 약해지면 전쟁하다 죽잖아. 곧 죽을 사람한테 배려를 왜 해?"

서로의 말이 방향을 달리하며 교차됐다.

육식 동물과 초식 동물이 대화하는 꼴이니, 어찌 보면 당연했다.

결국 나이냐, 무력이냐 가지고 한참을 논쟁하던 칼콘이 제안을 하나 했다.

"붙자. 네가 이기면 존대까진 아니어도 대접은 해 줄게."

빈정 상해서 던지는 '계급장 떼고 한 판 붙자.' 가 아닌 오크기준 당연한 제안이었다. 하지만 민우는 코웃음을 쳤다.

"내가 어떻게 너하고 싸워서 이겨. 웃기는 소리 하네."

뭔가 논쟁이 심해지는 것 같아 슬쩍 끼어들었다.

"개소리 그만 싸재끼고, TV나 봐 새끼들아."

가끔 양보할 수 없는 게 있듯, 칼콘과 민우가 거절했다.

"지훈, 얘가 자꾸 이상한 소리 하잖아."

"형님. 칼콘이 저보다 어리지 않습니까?"

결정해 달라는 듯 한 말투였다.

아마 칼콘 손을 들어주면 좀 더 본능적이고 상식을 깨는 제안을 많이 들을 수 있을 테고, 민우의 손을 들어주면 인간적이고 이성적인 제안을 많이 들을 수 있을 터였다.

이에 지훈의 의견은…

'그걸 왜 내가 정해. 나보고 어쩌라고?'

듣자마자 이런 생각이 제일 먼저 들었고, 당연히 이 말은 아무런 필터도 없이 바로 입 밖으로 튀어나갔다.

"그냥 둘이서 알아서 해결해. 뭣하면 진짜 싸워 보던가."

"아, 아니 어떻게 저랑 칼콘이 싸웁니…."

"그래. 사실 그게 제일 쉽지!"

결재도 떨어졌겠다, 칼콘이 바로 민우에게 다가갔다.

"자, 잠깐만요. 칼콘, 진정해요. 우리 문명인이잖아요. 대화로 해결합시…."

"우리 문명에서는 이게 대화인데?"

꽈아악.

"아아악!"

칼콘이 민우의 양손을 붙잡고 애가 인형 갖고 놀듯 이리저리 흔들었다. 어찌 보면 개가 인형을 물고 도리질 치는 것 같아 뵈기도 했다.

병실에 비명이 울리기도 잠시.

결국 서열 전복(?) 없이, 현재 체재를 유지하기로 결정됐다.

"그만들 하고 TV나 봐. 새끼들아. 걸 그룹 나온다."

칼콘과 민우가 동시에 TV로 고개를 획 돌렸다.

TV에선 어웨이큰즈라는 그룹이 군무 비슷한 춤을 추고 있었다. 전원 각성자로 구성 된 그룹으로, 최근 인기몰이를 하고 있는 그룹이었다.

헌팅 한 번 나가지 않은 F등급임에도, 대중들은 예쁘고 몸매 좋은 각성자에 열광했다.

최근 각성한 가수, 각성한 배우 등 여러 연예인이 히트를 치며 '각성자는 일반인과는 급이 다른 우월한 생명체다.' 라는 풍조가 돌기 시작했다.

이에 질세라 방송사는 자극적인 내용과 곱게 포장 된 방송을 앞세워 저 풍조를 더욱 확산시켰다.

마법 및 각성의 여파로 급격히 발달하는 기술과, 자본주의의 단점이 겹쳐져 발생한 씁쓸한 현상이었다.

사회 전체로 치면 점점 더 비틀어지고 있었으나, 개인 입장인 지훈은 이에 전혀 관심이 없었다.

TV에서 예쁜 인형이 나와서 '나는 네가 좋아요~' 라며 예쁜 재롱을 부리는데, 걔가 각성까지 했댄다.

좋으면 좋았지, 싫을 게 어디 있나.

"와, 진짜 저런 애랑 사귀면 무슨 기분일까요?"

"방송이랑 악플 때문에 스트레스 받는다고, 담배나 뻑뻑 피면서 까트하고 섹스 질펀하게 하겠지."

핑크빛 환상을 펼치던 민우에게 핏빛 현실을 던져줬다.

"에이, 형님. 저렇게 예쁜 애가 무슨 까트에요."

"왜. 예쁜 애들은 담배나 까트 안 필 것 같냐?"

비슷한 예제가 몇 개 더 있다.

예쁜 여자는 밥을 많이 먹지 않는다거나, 배변을 하지 않는다거나, 하는 그런 것들 말이다.

신화 속 유니콘 같은 거면 모를까, 예쁜 여자도 사람이었다. 밥도 먹고, 담배도 피고, 배변도 하며, 섹스도 했다.

"네. 저렇게 예쁘고 착한 애들이 어떻게…."

민우는 '그런 짓을 해요?'라고 하려다 말문이 막혔다.

지현도 담배 피지 않던가?

– 왜 그렇게 못 찾아? 너 처음이야?

민우는 지현이 담배를 잡아다 직접 제 불 앞에 가져다 준 걸 떠올렸다.

화악 하고 얼굴이 붉어졌으나, 지현에게 연모를 품은 걸 걸렸다간 샷건 맞을 걸 알았기에 들킬까 싶어 빨리 털어냈다.

"요즘엔 하고 극성팬이랑 사생팬들 많아서, 경비도 각성자 쓴다던데… 우리는 저런 일 안 해요?"

민우가 슬쩍 화재를 돌렸다.

"왜. 하고 싶냐?"

"하고야 싶죠."

"석중 할배가 아마 그 쪽 애들 잠깐 만졌었을 걸."

"어, 에… 네? 뭐라고요?"

안 될 거 있냐는 반응에 민우가 깜짝 놀랐으나, 이에 '시끄러우니까 TV나 봐 임마.' 라고 떼어냈다.

✧

방사능 피폭을 위한 약물 치료 및 똥독 치료를 위해 일행은 약 7일 동안 병원에 입원했다.

의료보험을 적용 받는 지훈과 민우는 그럭저럭 납득할 가격이 나왔지만, 문제는 칼콘이었다.

단순 주거허가만 받은지라 의료 보험이 적용되지 않은 것.

병원비가 2000만 원을 훌쩍 넘어버렸다.

"어, 어…. 나 어떡해? 돈 없는데."

"너 여태까지 받은 돈은 어쨌는데?"

"전부 고기, 술, 단백질 사먹었지…."

어이없는 대답에 한숨이 나왔다.

'도대체 뭘 어떻게 먹으면 식비로 억 단위 돈이 날아가?'

이번 보상은 각자 챙기는 형식이라, 모아서 나누지 않았다.

곧 칼콘은 이번 임무에서 현금 수익이 없다는 얘기였다.

칼콘이 애처로운 눈빛으로 지훈을 쳐다봤으나, 지훈도 지현 치료비 및 기타 나갈 구멍이 많았다.

반면 민우에게는 이번에 10kg짜리 순금상을 얻었다.

"칼콘, 형이라고 한 번 해봐. 그럼 도와는 드릴게."

민우가 영화 속 악역을 연기하며 거만하게 말했다.

칼콘은 이에 이를 꽉 깨물었으나, 어찌 할 도리가 없었다.

"혀, 형… 병원비 좀 내줘."

마지막 자존심으로 존대까진 붙이지 않았으나, 민우는 그걸로 만족했다.

"푸하하하. 내 팔을 반으로 접더니, 꼴좋다!"

2000만 원 짜리 일회용 호칭이었으나, 민우는 만족했다.

이후 병원 밖으로 나온 뒤, 슬쩍 금상을 어쩔 건지 물었다.

– 그거 어쩔 거냐?

– 칼콘한테는 비밀인데, 팔아다 정산하려고 했어요.

– 네가 주워온 건데 나눠도 되겠냐?

지훈이 C등급 아티펙트를 팔아서 동료에게 나눠주지 않는 것처럼, 민우의 금상 역시 민우의 개인 자산이었다.

처분이 쉽다는 이유로 정산을 강요할 수는 없었다.

– 동료잖습니까. 만드라고라 때 저 한 거 없는데 돈 받았잖아요. 겐포때도 비슷하고. 꽁돈 먹은 값 해야죠.

기특한 마음에 민우의 어깨를 두드렸다.

[추가 정산]

아쵸푸므자 금상 판매비 : 4억 2천만 원

지훈 : 1억 4천만 원 획득.

민우 : 1억 4천만 원 획득.

칼콘 : 1억 2천만 원 획득.

공통 : 방사능 및 병에서 회복 됨.

"뭐야, 왜 나만 1억 2천이야?"

"병원비 공제했는데, 왜요?"

"너 나한테 형 소리 들었잖아."

"그건 그거고, 이건 이거죠?"

"야 이 새끼야!"

칼콘이 성난 멧돼지처럼 달려들었고, 민우는 신난다는 웃음을 흘리며 도망쳤다.

물론 1분도 안돼서 잡혔고, 비명이 울렸다.

권능의 반지

56화. 습작 954번

NEO MODERN FANTASY STORY

퇴원하자 지현이 걱정스러운 눈빛으로 쳐다봤다.

입원해 있을 때 격일마다 병문안을 왔음에도, 걱정이 가시질 않은 모양이었다.

"괜찮아?"

"검사 결과 방사능 배출 끝났다. 걱정 마라."

최근 연구가 시작된 마법의학 힘이었다.

원래대로라면 인간의 몸에 축적된 방사능을 뽑아낼 수도, 망가진 단백질을 원상복귀 시킬 기술도 없다.

하지만 종족 전쟁 이후 방사능 및 마법 오염 지대가 급속도로 넓어지며 피해자가 속출했고, 이에 대한 대비책으로 나온게 바로 마법 의학이었다.

마법과 의학을 합친 현대 기술이었는데, 아직 나온 지 얼마 되지 않아 방사능과 마법 오염을 치료하는 데 그쳤다.

아마 시간이 더 흐른다면 인류의 수명을 극단적으로 늘릴 기술이 되리라.

"너나 걱정하지? 이제 곧 치료일이잖아."

"그래도… 이번에는 돈 많이 못 벌어 온 것 같은데…."

자금 사정이 신경 쓰였는지, 지현이 얼버무렸다.

예금이 1억 가까이 있어도, 수입이 불규칙적이라면 혹시 모를 위기 상황을 대비해 아껴야 했다.

본인이 벌어도 그런데, 받기만 하는 지현은 오죽할까.

"그런 거 신경쓰지 마라."

"그래도… 오빠가 힘든 일 하면서 벌어 오는데…."

방금 정산 받은 1억 4천만 원의 존재를 몰랐기 때문인 것 같았다.

퍽!

스포츠 백을 내려놓자 묵직한 소리가 났다.

"못 보던 백인데. 장비야?"

"열어 봐."

지현이 가방을 열자 황금 빛 지폐들이 반짝거렸다.

"어, 어…. 이거 어, 얼마야?"

"1억 4천."

입만 떡 벌리고 있는 지현에게 나지막이 말했다.

"이사 가자."

"어?"

믿을 수 없다는 표정이었다.

꿈을 안고 개척지에 왔지만, 정작 현실은 시궁창이었다.

그걸 증명하듯 남매는 개척 초기에 지어진 다 허물어져 가는 집에서 살아야만 했다.

비가 오면 물이 새고, 우범 지대인지라 치안은 바닥이었으며, 사회 인프라는 열악하기 그지없었다.

세드 드림을 꿈꾸던 남매의 희망은 순식간에 짓밟혔다.

남매에게 있어 집은 족쇄요, 멍에며, 감옥이었다.

눈물이 날 정도로 싫었지만 어쩔 수 없었다.

삶과 병에 치여 내일이 불투명 할 때는, 어쩔 수 없이 스스로 족쇄를 찼고, 멍에를 멨으며, 감옥에 들어갔다.

싫어도 살기위해 참았고, 이게 최선이라 자위했다.

'하지만 이제 그럴 필요 없다.'

지훈은 각성자요, 헌터가 됐다.

개척 시대의 부르주아.

모든 사람들의 동경을 받는 사람.

더 이상 족쇄 따위는 필요 없었다.

"정말? 진짜로…?"

"나도 힘들었지만, 너도 고생 많았다."

지현이 지훈의 손을 잡고 왈칵 울음을 터트렸다.

"난 아무것도 한 것 없는데… 미안해…."

"징그럽게 뭐 하냐. 손 놔라."

"고마워. 정말, 진짜… 나 앞으로 말도 잘 듣고, 병도 빨리 나아서…."

평소 감정교류가 없던 이유에설까.

눈가가 주변이 간지러우며, 가벼운 습기가 찼다.

"됐어. 나중에 보사나 아이덴티티 취직해서 갚아."

지현이 눈물 가득한 얼굴로 올려다보며 물었다.

부끄러웠는지, 애써 평상심을 가장하는 것 같았다.

"웃기네, 내가 거길 어떻게 들어가."

나름대로 생각이 있어서 한 말이었지만, 지현에게는 알려 주질 않았다.

"다 방법이 있으니까, 공부나 열심히 해 둬. 대학 가야지."

"대학이라니?"

종족 전쟁 이후 대학에 가는 사람은 거의 없었다.

먹고 살기도 바쁜데 비싼 학비 대가며 학업을 지속하기 어려웠기 때문이었다.

몇 몇 선택받은 금, 은수저만 가거나 인생 올인 해가며 들어가는 게 요즘 대학이었다.

"맨날 TV에서 대학 드라마 챙겨 보는 거 모를 것 같았냐, 지지배야. 저번에는 무슨 모집요강 같은 것도 들고 왔더만."

돈이 없을 때에는 지현이 대학에 가고 싶어 하는 걸 알면서도, 해줄 수 있는 게 없어 모른 척 해야 했었다.

이제는 애써 외면하지 않아도 됐다.

"내가 저번에 얘기 했잖아, 사람 답게 살아 보자고. 병도 치료하고, 이사도 가고. 그리고 너 대학도 가라."

지현은 그간 지훈에게 했던 못된 짓들이 떠올랐는지, 더 이상 울음을 참지 못했다.

대성통곡 하며 숨도 못 쉬고 쉴 세 없이 사과와 미안한 감정들을 눈물과 함께 토해냈다.

"괜찮아, 이 년아. 뭘 사과 해. 원래 사람이 아프고, 힘들면 그럴 수도 있는 거야. 미안하면 앞으로 열심히 살아."

아프고 힘들면 그럴 수도 있다.

이는 지훈에게도 똑같이 적용 되는 말이었다.

사실 지훈도 힘들었고, 지훈도 아팠고, 지훈도 짜증났다.

하지만 참았다.

자기가 쓰러지면 지현도 같이 쓰러진다.

자기가 아프면 지현도 같이 아프다.

자기가 울면 지현도 같이 운다.

가장이니까.

쓰러질 것 같아도 이 악물고 참았고,

힘들면 술이라도 먹으며 달랬고,

슬퍼도 감정을 외면했다.

가족이, 동생이, 사랑하는 사람이 괜찮다면 그걸로 좋았다.

미친 사냥개 소리 들어가며 뒷골목을 헤매도,

등이 아무리 상처투성이가 된다고 해도,

매번 목숨 걸고 어려운 일을 해도,

전부 괜찮았다.

'돌아보면 참 좆같은 인생이었어. 다시는 그런 삶으로 돌아가지 않을 거다.'

지훈은 아무도 보지 못하게 꼭꼭 숨겨 둔, 가장의 무거운 눈물 한 방울에 걸고 맹세했다.

◈

"이 집은 어떻습니까?"

부동산 중개업자가 집 안을 가리켰다.

"이번에 새로 지은 신축 아파트인데, 아마 각성자 보조금 들어가서 정말 싸게 구할 수 있을 겁니다."

신축, 46평, 11층, 남향, 창밖에 개천.

딱 봐도 좋은 조건임을 알 수 있었다.

"그래서, 얼마나 들어갑니까?"

"실례지만 각성 등급이 몇 등급이십니까?"

"C등급 3티어."

중개업자는 살짝 계산기를 두드렸다.

"대충 보조금 끼고 1억 5천이면 들어가겠네요."

지현 치료비 나갈 거 계산해도 감당 가능한 액수였다.

게다가 여차 싶으면 시간 걸리더라도 되팔면 그만이었다.

바로 구입 의사를 밝혔다.

집은 총 46평으로, 방 4개에 화장실 2개 딸려 있었다.

이에 방 하나 지현에게 넘겨주고 나니 고민거리가 생겼다.

'내 방 제외하고도 2개나 남는다. 이걸 어쩐다?'

며칠간 고민한 결과는 다음과 같았다.

방 하나는 헬스 기구 및 헌팅용 장비 거치대를 설치했고, 다른 방 하나는 드레스 룸으로 쓰기로 했다.

아직 지훈에게는 옷이 많지 않았으나, 지현이 입을 옷 및 이후 시연에게 질질 끌려 다니며 살 옷들을 생각해서였다.

⊕

지훈의 이사 소식에 민우도 살짝 고민을 했으나, 그만뒀다.

월 300이나 되는 월세가 부담됐으나, 어차피 적응기간 제외하고는 서구 집값은 거기서 거기였다.

'돈 많이 버는데 굳이 쉐어 하우스 같은 거 할 필요 없지. 그냥 여기서 살자.'

혼자 사는데 굳이 큰 집이 필요하지도 않았고 말이다.

이사 했다는 소식을 알리자, 칼콘은 기쁘게 축하해줬다.

"너는 이사 안 가냐? 동구 불편하잖아."

"난 여기가 편해. 게다가 이제 여자 친구도 챙겨야 하고."

최근 톨풍과 동거를 시작한 칼콘이었다.

"그럼 됐다."

집 이사하랴, 지현 치료하랴, 시연과 데이트 하랴…

정신없는 일주일이 흘렀다.

지훈은 여유가 생기자 슬쩍 서구에 있는 아이덴티티 휘하 아티펙트 상점으로 향했다.

"반갑습니다, 무엇을 도와드릴까요?"

"식별 좀 하고 싶은데."

"매장 내 검사기를 이용하시는 쪽으로 안내해 드릴까요, 아니면 일회용 스크롤로 드릴까요?"

아쵸푸므자에게 받은 물건이었기에, 장물 우려 없이 검사기 쪽으로 선택했다.

뚜벅, 뚜벅.

전체적으로 검은색과 흰색만 사용한 심플한 인테리어에서 간결함을 중시하는 현대적인 감성이 묻어났다.

일부러 이렇게 꾸며놓은 지는 몰랐으나 가는 길에 멋들어진 아티펙트가 많이 보였다.

정부 산하에서 영업을 하는 각성자 물품 거래소가 아울렛 같은 느낌이라면, 아이덴티티나 보사가 직접 운영하는 아티펙트 상점은 명품점에 가까워 보였다.

'A등급 아티펙트가 50억인가.'

쇼 윈도우 너머로 중세 용사가 드래곤 잡을 때나 쓸법한 휘황찬란한 검이 전시되어 있었다.

"저희 지점에 하나밖에 없는 A등급 아티펙트입니다. 칼날은 크릴나이트로 만들었고, 자루와 코등이(가드)는 맥들킨토 비늘로 만들었습니다. 한 번 가까이서 보시겠습니까?"

A등급 아티펙트가 필요할 정도로 위험한 적을 상대한다?

지금 실력으로는 휘둘러보기도 전에 죽는다.

"됐소. 가던 길 마저 갑시다."

검사기는 마치 거대한 현미경 같은 모양이었다.

"검사판 위에 물건 올려주세요."

샬레 비스무리하게 생긴 검사판 위에 장갑을 올려놓았다.

챙길 당시에는 너무 바빠서 못 봤지만, 자세히 보니 쇠사슬 뼈대에, 검푸른 비늘을 붙인 모습이었다.

'B등급 이상이었으면 좋겠군.'

검사판을 검사기 아래에 놓으니, 직원이 작게 중얼거렸다. 마법공학 물품인 만큼, 작동에 마법이 필요한 모양이다.

푸으으 – 옹 – – 파앗!

검사기 주변에 푸른빛이 이는가 싶더니, 갑자기 확 하고 터지듯이 빛났다.

눈을 감았다 뜨자, 벽면에 장갑의 정보가 나타났다.

[Paer klinker 954(습작 954번)]

종류 : 장갑

등급 : B 등급

재질 : Error code 495#1D.

설명 : 기록 시작. 공방력 9년 5492시간 째. 저번에 만들었던 Paer 901(901번)을 보안하기 위해 tootmine(제작)함.

pear 954(954번)은 전작에 비해 보호력은 높아졌으나, Managua kontrolli(마나 제어)능력은 현격히 떨어졌음.

추가. 다음 작품에는 Hobujõud neli toetused(#*sa Sa**. 데이터 손상)의 영혼을 넣어 봐야 할 것 같음.

추가 노트 2. 시전자가 원할 시 마나 võimendus(증폭)을 제공하게 만드는 데에는 성공함. 하지만 간혹 폭주하여 의도치 않은 tugevdama(강화), pikendamine(연장), vaikne(무음) 등의 Täiendav tellimusi(주문 강화)가 될 수 있으니 주의.

추가 노트 3. 사용에 사용자의 마나를 nõudlus(요구)함. Non-ärkamine(마나 미각성자)가 착용 시 leke(마나 노출) 현상으로 circuit ummikud(회로 폭주)의 가능성이 있으니 주의

올라오는 정보를 보며, 처음으로 든 생각은 이랬다.

'이건 도대체 뭔 소리야.'

보통 식별 마법은 물건에 대해 개괄적인 설명을 해준다.

하지만 이 물품에는 그런 것 하나 없이, 오로지 제작자의 코멘트만 잔뜩 달려 있었다.

'이, 이게 뭐야?'

직원 역시 당황하긴 매한가지였다.

식별 마법은 물건을 설명하는 마법이다.

당연한 얘기지만 내용을 이해할 수 없으면 무용지물이기에, 식별 마법은 언어와 밀접한 관계를 맺고 있었다.

이에 아이덴티티가 빠르게 치고 나가, 설명 번역이 포함된 마법을 발명했고, 이를 특허와 비밀로 옭아맸다.

그렇게 언어학과 마도학의 정점에 올라있는 아이덴티티의 식별 마법임에도, 지금 나타는 설명문에는 비번역문이 가득했다.

대충 설명으로 보건데 마법사용을 도와주는 장갑처럼 보였으나, 그 뜻이 괴이했다.

현재 마법 보조 도구는 스태프나 완드가 전부였다.

그나마도 마나 회로를 재정비 및 안정시켜주는 용도지, 절대 마나를 증폭시키거나 마법의 능력을 강화하진 못했다.

물론 이 사실을 일개 아이덴티티 직원이 알지는 못했지만, 적어도 멀찍이 마법에 관련 된 아티펙트라는 사실은 알았다.

권능의 반지

57화. 이걸 어디다 쓰지?

NEO MODERN FANTASY STORY

'이거 왜 문자가 깨져서 나와?'

직원은 살짝 얼굴을 찌푸렸다.

여태껏 이런 식으로 글자가 깨진 적은 처음이었다.

게다가 코드 섞인 오류도 들어가 있는 것을 봤을 때, 아예 데이터 베이스에 없는 단어가 섞여있는 것 같았다.

'나중에 말 나올 일을 만들어 놓으면 안 된다.'

직원은 속이 타들어 갔으나, 최대한 감정을 숨기며 말했다.

"손님, 죄송합니다. 일반적인 식별 작업으로는 알 수 없는 아이템인 것 같습니다."

이에 더해 살짝 회색빛 거짓말을 섞었다.

가끔 A등급 이상의 아티펙트의 경우, 소위 말하는 '유니크' 아티펙트가 발견 되는 경우가 있다.

이럴 경우 타 아티펙트와는 아예 차원을 달리하는 성능이 붙기 때문에 범용 데이터 베이스로는 번역이 안 돼는 경우가 가끔 있었다.

이럴 경우 큰 대금을 받고 본사 직할 번역 팀에서 직접 식별을 해줬다.

물론 현재까진 B등급 이하 아티펙트에서 이런 경우가 생긴 적은 단 한 번도 없었다.

직원은 이 상황을 단순 '오류' 라고 생각했다.

그렇게 생각할 수밖에 없는 이유가, 아이덴티티는 현재 각 성자 시스템을 기반으로 한 초국적 기업이었다. 그런 초국적 기업이 만들어 놓은 데이터 베이스로 식별할 수 없다?

직원의 상식으로는 이해할 수 없는 일이었다.

"아아, 됐소. 그럴 수도 있지."

지훈 역시 난처했으나, 아무렇지도 않은 척 했다.

'아쵸푸므자, 이 정신 나간 새끼. 도대체 뭘 만들어 놨으면 식별에 오류가 생겨?'

생각해 보면 반지도 식별 자체가 불가능했었다.

잡동사니 창고라기에, 대충 아티펙트 아무거나 있을 줄 알았거늘, 반지와 비슷한 물건이 있을 거라는 생각은 꿈에도 하지 못했다.

"죄송합니다. 이번 식별 대금은 무료로 하는 대신, 본사에 보내서 직접 번역을 해드리도록 하겠습니다."

직원은 최대한 매뉴얼대로 응대했다.

각성자와 헌터들은 아이덴티티에 있어 최고의 고객임과 동시에 한정 된 고객이었다.

절대로 실망시켜선 안됐다.

"아니, 그딴 서비스 필요 없어."

하지만 거절했다.

아쵸푸므자의 정체를 알 순 없었으나, 적어도 엄청난 아티펙트 제작자 및 고등급 마법사라는 건 알 수 있었다. 그런 녀석이 만들어낸 물건이니 절대 일반적인 물품은 아닐 터.

당연히 아이덴티티에 보냈다간 학계 뒤집어 질 정도로 큰 소동이 벌어진다.

괜히 사서 귀찮은 일 벌일 필요는 없었다.

"저희 아이덴티티는 반드시 손님께 정확한 정보를 제공할 의무가 있습니다. 시간이 걸리더라도, 꼭 이 실수를 만회할 기회를 주십시오."

직원이 급히 장갑을 쥐었다.

지훈이 그런 직원의 손을 쥐었다.

부르르르르.

손 부러질까 싶어 살살 잡고 있자니, 직원이 빠져나가려고 애를 썼다.

"에헤이, 서비스가 도를 지나치네. 받기 싫은 성의는 부담이야. 몰라?

"그, 그래도 꼭…."

절대 물러날 생각이 없어 보였기에, 힘을 더 줬다.

꺽! 하는 소리와 함께 직원이 손을 놔버렸다.

"본사면 영국이잖아. 왕복 배송만 이주일 넘게 걸릴 텐데, 언제 기다리고 앉았어?"

"포탈 여러 개 넘나들며 운송하면 아마 사흘이면…."

"됐어. 내 물건에 다른 사람 손 때 타는 거 별로 안 좋아해. 필요 없어."

싫다고 일축하곤 장갑을 주머니 속에 집어넣었다.

직원은 손이 아픈지 꾹 부여잡으며 말했다.

"그러면 다른 방법으로라도 보상을 하고 싶습니다."

"필요 없다니까 그러네."

"아닙니다, 아이덴티티는 항상 최고의 서비스를 제공해야 할 의무가 있습니다."

의무고 나발이고 다 필요 없으니 나가고 싶었지만, 태도가 굳건해 일단 얘기나 들어봤다.

"뭔데?"

"이번 실수에 대한 배상으로 충전식 식별 기계를 제공하고 싶은데… 혹 괜찮겠습니까?"

충전식 식별 기계.

최근 아이딘티티에서 새로 발명한 식별 기기였다.

기존의 식별은 스크롤 혹은 식별 마법을 사용할 줄 아는 마법사를 통해서만 할 수 있었다.

당연히 후자를 휴대하고 다닐 수는 없었으므로, 많은 헌터들이 전자에 의존했다. 하지만 여기엔 큰 문제가 하나 있었는데, 바로 스크롤의 내구성이었다.

환율에 따라 다르긴 하지만, 보통 150만원 내외하는 식별 스크롤이었다.

보통 아티펙트 헌팅 팀이 헌팅 한 번 나가서 획득하는 아티펙트는 대략 10개 정도.

벌이가 좋으니 '그깟 천오백' 할 수도 있는 가격이었지만, 아티펙트 헌팅은 벌이만큼 위험한 일이었다.

부피가 큰 스크롤을 10개나 들고 다니기도 애매했고, 이동 혹은 전투 중에 소실되기라도 했다가는 엄청난 손해였다.

이에 아이덴티티는 작고 편리한 기계를 발명했으니, 그게 바로 충전식 식별 기계였다.

"내가 그걸 왜 받아?"

굉장히 좋은 제안이었으나, 평생 뭔가를 공짜로 받아보지 못한 지훈은 살짝 불쾌했다.

"저희는 어느 고객 한 분께도 최선을 다합니다."

최선을 다하는 것 보다는 아이덴티티 측의 과실을 숨기기 위한 궁여지책으로 봐야 옳았다.

싫다고 거절했으나, 직원은 거의 반 강제로 지훈의 손에 식별기계를 쥐어줬다.

"필요 없어. 갖다 버린다니까?"

"제공한 이후로는 고객님의 소유물입니다. 어떻게 처리하셔도 무방합니다."

직원은 그 말을 마지막으로 이것저것 설명을 덧붙였다.

"최대 충전량은 세 번이며, 사용 시 전면 화면에 식별 정보가 출력됩니다. 충전량을 모두 소모하셨을 시에는, 가까운 아이덴티티 매장에 찾아오시면 충전하실 수 있습니다."

충전 가격은 회당 200 가량.

스크롤보다는 조금 더 비쌌지만, 휴대성과 편리함을 봤을 때 합리적인 가격이었다.

"항상 양질의 정보를 드릴 수 있도록 노력하겠습니다. 다음에도 또 찾아 주십시오."

그 말을 마지막으로, 반 강제로 밖으로 안내 당했다.

'이건 또 뭔…'

손에 들려있는 기계를 쳐다봤다.

이상한 장치가 되어있을까 싶었지만, 털어버렸다.

매장에 있던 물건을 개봉도 안 하고 바로 건네줬다. 뭘 하고 싶어도 어쩔 수 없었으리라.

'뭐 일단 식별도 했고, 기계도 얻었으니 돌아갈까.'

기계는 번역을 못해 원문을 그대로 전송했지만, 룬어에 대한 지식을 가지고 있는 지훈은 전부 이해할 수 있었다.

'마법에 대한 아티펙트라… 이걸 어디다 쓰지?'

당연한 얘기지만 아는 마법사는 단 한 명도 없었다.

그렇다고 본인이 쓰자니, 주 무기는 총기요, 마법은 보조

역할로만 쓰니 아티펙트의 능력을 전부 발휘하지 못한다.

'팔까?'

나름대로 괜찮은 방법이었다.

등급이 올라가면 올라갈수록 획득 가능성이 희소해지는 만큼, 아티펙트의 가격은 등급에 따라 천차만별로 올라갔다.

F등급은 아티펙트가 겨우 500만 원 정도밖에 하질 않지만, C등급은 5000만 원. B등급부터는 그냥 0이 하나씩 더 붙는다.

거기다가 부가적으로 붙은 능력치에 따라 가격이 미친 듯이 오르니, B등급이라 할지라도 그 가격을 감히 유추하기 어려운 게 아티펙트였다.

현재 지훈이 가진 물건은 B등급 마법 증폭 아티펙트였다.

실 가치를 계산하면 거의 10억은 거뜬히 나갈 물건이었으나, 문제가 하나 있었다.

바로 식별이었다.

식별이 불가능한 물건은 그 가치가 엄청나게 깎였다.

그도 그렇게, 저주 및 부작용을 가진 아티펙트도 존재했다.

어떤 물건인지도 모르는데 함부로 사용했다가는, 사용법도 모르는 폭탄을 만지는 꼴이었다.

'빌어먹을 아쵸푸므자. 왜 물건에 코멘트를 붙여놔.'

어려운 말 잔뜩 써놔서 식별도 안되거니와, '이거 코멘트가 이상하다. 만든 사람이 누구냐.' 라는 말 들었다간 대답할 수도 없었다.

붉은 머리에 화상 있는 여잔데, 어디 있는지는 나도 모르오. 할 수도 없는 노릇 아니던가.

'됐다, 됐어. 때려치우자.'

결국 남은 선택지는 하나였다.

누구 줄만한 동료도 없었고, 팔수도 없다.

'그냥 내가 끼고 말지. 쯧.'

비록 마법 증폭에 관한 사항은 100% 이용할 수 없을지라도, B등급 아티펙트였다.

단순 보호용으로만 사용해도 절륜한 성능이다.

실제로 여왕의 은혜를 막아내지 않았던가.

끼워보니 다행히 사이즈가 딱 맞았다.

장갑을 끼자, 아니 정확하게는 장갑이 반지에 닿자 작은 진동이 느껴졌다.

우으으웅.

– 동일 제작자의 물건이 접촉되었습니다. 귀속할까요?

귀속.

무슨 개념인지는 몰랐다.

단지 반지를 처음 꼈을 때 무슨 경고 메시지 비슷한 게 들렸던 것 같은 기억이 났다.

'하면 어떻게 되는데?'

- 물품 설명에 사용자님의 이름이 각인됨은 물론, 타인이 사용 시 패널티를 받습니다.

정확히 무슨 패널티인지 궁금했다.

- 상황에 따라 다르나, 영혼 발화, 심정지, 혈액 역류, 내출혈, 장기부전, 마나 회로 소각, 마나 역류, 마나 오염 같은 심각한 손상부터 약간 따끔한 것까지 다양합니다.

'약간?'
약간이라는 문구에 몸이 떨렸다.
저 말은 곧 최소 바닥 굴러가며 고통에 몸서리 쳐야 하는 건 기본이고, 심하면 곱게 죽지 못한다는 얘기였다.
나중에 믿음직한 동료가 생기거나, 돈이 급할 때 팔아야 할 수도 있는 물건이었다.
괜히 귀속했다가 저주받은 물건 취급당하면 곤란하다.
'하지 마.'

- 알겠습니다.

지훈은 장갑을 매만졌다. 철컥거리며 작은 쇳소리가 났지만, 은밀 기동을 방해할 정도는 아니었다.
'쓸만하네.'

방탄외투 말고는 마땅한 방어구가 없다보니, 항상 손 부상을 주의했던 지훈이었다.

하지만 이제는 손을 걱정할 필요가 없으니, 파편 혹은 화상이 걱정되는 상황에서도 조금 더 자유롭게 이동할 수 있게 됐다.

슬쩍 집에 가는 길에 룬어 지식을 이용해서, 개인 식별 사업이나 할까 하는 생각이 들었지만 그만뒀다.

괜히 아이덴티티와 법 붙잡고 싸우고 싶지도 않았고, 그렇다고 아이덴티티 들어가서 남 눈치 보며 일하고 싶지도 않았다.

'쉬고 싶을 때 쉬고, 일은 하고 싶을 때 하는 게 제일이다.'

평생을 그렇게 살아왔으니, 이제 와서 직장인이 된다니?

상상도 못 할 일이었다.

　

✦

　

돌아오니 지현이 소파에 앉아서 TV를 보고 있었다.

일주일 전만 해도 여기저기 찢어진 의자에 앉아 있던 모습이 떠올랐기 때문일까?

슬쩍 미소가 떠올랐다.

"뭐야, 무섭게 왜 그래. 방사능 부작용이야?"

걱정된 모양인지 지현의 입에서 격한 안부가 쏟아졌다.

"됐다, 이 년아. 소파는 좀 어떠냐?"

이번에 이사하며 새로 하나 장만한 녀석이었다.

최고급은 아니어도 중고가 대비 성능이 좋은 제품이었는데, 푹신푹신해서 퍽 기분이 좋았다.

지현 역시 마찬가지였는지, 당장이라도 소파에 녹아내려 한 몸이 될 기세로 쭉 누웠다.

"이제 침대 필요 없어. 소파만 있으면 돼. 나 얘랑 결혼할 거니까 말리지 마."

결혼이라는 말에 샷건이 떠올랐으나, 치워버렸다.

사람이면 모를까 물건에 쏘기는 아깝다.

"편해도 잠은 침대에서 자라. 몸 결린다."

"네, 네. 알겠습니다. 그래얍지요."

"그나저나 너 치료일 다 되지 않았나?"

"응. 딱 오늘이야."

굳이 미룰 거 없었기에 바로 나가자는 말을 꺼냈다.

"들어오자마자 바로 나가도 돼? 피곤하잖아."

"딱히. 괜찮으니까, 빨리 옷 입고 나와라."

각성 여파인지 이상하게 피곤하지가 않았다.

물론 그 대가로 몸무게를 유지하기 위해 대식 및 고칼로리 음식을 섭취해야 했지만, 먹는 거 좋아하니 문제는 없었다.

권능의 반지

58화. 반지가 F등급?

NEO MODERN FANTASY STORY

치료 과정은 저번과 같았다.

"나 갔다 온다~"

무통 치료인 까닭인지 지현은 소풍 나가는 아이마냥 천진 난만하게 웃기만 했다.

"가서 사고나 치지 마라, 지지배야."

안내를 받으며 들어가는 지현에게 주먹을 들어준 후, 시연 과 문자를 주고받으며 기다렸다.

– 뭐해?

– 그냥, 커피 먹고 있어. 자기는?

– 지현이 치료 받으러 와서 잠깐 기다리고 있어.

– 그러고 보니까 제대로 얘기를 못 들었네. 많이 아픈 거야?

대충 별 거 아니라고 둘러댔다.

병 자체는 심각한 병이었으나, 곧 치료될 거 굳이 걱정시킬 필요 없었다.

– 오늘 밤에 약속 있어?

– 응. 남자 동료랑 같이 저녁 먹기로 했는데, 왜?

남자라는 말에 슬쩍 눈살을 찌푸렸다.

– 누구?

– 그냥 나랑 같이 일하는 연구원인데, 자꾸 같이 밥 먹자고 얘기 꺼내더라구. 여러 번 거절하기도 미안해서 같이 한 번 먹기로 했지.

참 신경 쓰이는 문제였다.

연인이 됐다고 한들, 상대방이 내 소유물이 된 건 아니다. 그렇기에 내 연인이 누구와 뭘 하든, 그걸 강제할 수는 없었다.

실제로 사회생활을 하다보면 이성과 밥을 먹어야 할 수도 있으며, 심하게는 접대를 해야 할 경우도 있지 않던가.

머리로는 전부 다 아는 사실이지만…

신경 쓰이는 건 어쩔 수 없다.

– 오래간만에 마법 연습이나 할까 했거든. 맛있게 먹어라.

그럼에도 쿨하게 보내줬다.

이런 거 신경 쓰면 본인만 손해였다.

어차피 본인이 매력적이고, 잘났다면 상대가 바람피울 일 없다.

- 정말? 마법 연습 할 거면 나 구경 갈래! 그렇지 않아도 마도학 공부하고 싶어서 아이덴티티 측에 협조 공문 보냈는데, 거절당했거든.

마법이라는 말에 시연이 흥미를 보였다.

- 너 시간 없잖아. 약속은 어쩌고?

- 취소하지 뭐. 자기가 더 좋아.

상대 남자에게는 야속한 말이 될지도 모르겠으나, 원래 시간이라는 건 상대적인 거였다.

소중한 사람한테는 1분 1초도 쪼갤 수 있는 게 사랑이지 않던가.

- 그럼 치료 끝내고 데리러 갈게. 아마 1시간 쯤 걸릴 거야.

- 응!

대충 앉아서 알고 있는 마법들 연습하고 있자니, 지현이 돌아왔다.

"어, 왔냐."

"응. 하나도 안 아파서 너무 신기해."

웃고 있는 녀석을 쓰다듬으려니, 지현이 황급히 물러났다.

"워, 워! 불 끄고 해야지."

잘못하면 동생 머리카락을 홀라당 태워 먹을 뻔 했다.

'대머리 돼봐야 못생긴 건 똑같지만, 그래도 일단…'

마법을 해제하니 지현이 슬쩍 캔 음료를 가져왔다.

"기다리느라 목말랐지? 마셔. 언니가 쏜다."

누구한테 받은 용돈으로 누구한테 쏜다는 건지 참 우스웠으나, 일단 성의가 대견해 한 입에 쏟아 넣었다.

벌컥 벌컥.

다 먹고 휴지통에 버리자니, 지현이 물끄러미 쳐다봤다.

"에이, 그렇게 버리면 재활용 힘들잖아. 이리 줘."

마치 매처럼 캔을 낚아간 지현은 바로…

꾸깃.

캔이 찌그러졌다.

그 모습을 보고 있자니 갑자기 차원 여행자와 싸웠을 때가 떠올랐다.

퍼억!

공간을 왜곡해 그 안에 있는 물건을 전부 찌그러뜨리는 강력한 공격.

만약 반지가 알려주지 않았다면, 지훈의 머리가 저 캔처럼 찌그러졌을 게 분명했다.

'아… 갑자기 이게 왜….'

엄습한 현기증에 잠시 혼란스러웠다.

정신을 차리기 위해 심호흡을 하고 있자니, 지현이 걱정스럽게 쳐다봤다.

"갑자기 왜 그래. 방사능 다 빠진 거 아니었어?"

방사능은 전부 배출됐고, 변이된 단백질도 전부 복원됐다.

단순 심리적인 요인이었다.

만드라고라 때도 후유증 때문에 고생했으니, 아마 이번 것도 조금 고생할 것 같았다. 아무리 몸이 각성했다고 한들, 정신은 아직 연약한 인간의 것이었다.

"아무것도 아냐."

걱정하는 지현을 안심시키고는 차 위에 올랐다.

"집 가기 전에 시연이 데리러 갈 건데, 상관없지?"

상관있다면 바로 내리라고 할 생각으로 물었다.

"나야 상관없지. 이번엔 시누이 노릇 좀 해볼까."

"됐다, 이 년아. 시발누이나 되지 마라."

남매는 사이좋게 욕 주고받으며 보사로 향했다.

❖

그 시각, 시연은 퇴근 준비를 서둘렀다.

하던 연구를 급히 정리한 뒤, 옷을 차려입고 토큰을 찍을 준비를 했다.

"시연씨, 누구 만나려고 그렇게 옷을 챙겨 입어요?"

밤에 약속이 잡혀있던 남자가 다가와, 농을 건넸다.

"아, 미안해요. 저 오늘 급한 약속이 생겨서요."

"네?"

남자가 얼이 빠진 표정을 지었다.

"남자친구랑 연구할 게 생겨서요. 저녁은 다음에 먹어요."

양해가 아닌 일방적인 통보.

빼도 박도 못하는 파토였다. 하지만 남자에게는 그것보다 더 충격적인 사실이 있었으니…

"시연씨 남자친구 있었어요?"

"네, 잘 생겼어요! 사진 보여줄까요?"

"아, 아뇨… 괜찮아요."

"그럼 시간 다 돼서 먼저 갈게요. 식사 맛있게 하세요!"

시연은 영혼이 빠져나간 것 같은 남자를 뒤로했다.

❖

보사 주차장.

지현은 차에서 내려 보사를 이리저리 살펴봤다.

"와, 진짜 크다. 이게 보사야?"

말로만 들었지, 실제로 본 건 처음이었나 보다.

"쪽팔리니까 그만 좀 두리번거려."

담배를 쭉 빨며 주의를 줬지만, 지현은 듣지도 않은 척 계속 어슬렁거렸다.

그 모습이 수상해 보였는지 경비가 다가오려는 찰나…

"자기야!"

시연이 오도도 달려와 지훈에게 안겼다.

기껏해야 무게가 가벼운 여자의 돌진이라 꿈쩍도 하지 않을 수 있었지만, 충격 흡수를 위해 살짝 밀려줬다.

"왔어?"

"응, 자기 보고 싶어서 빨리 정리하고 왔어."

빨리 정리했다는 사람이 토 오픈 힐에, 쫙 달라붙는 원피스 그리고 가디건을 걸치고 있었다.

연구하다가 가운만 벗고 왔을 리 없는 옷차림이니, 분명 전화 받자마자 재빨리 환복 했을 게 분명했다.

귀여워서 쓰다듬으니 시연이 픽 웃었다.

차에 탑승 후, 집으로 향했다.

그 와중에 지현이 일하다 막 나와도 되냐고 묻자, 시연이 출퇴근 시간이 자유롭다고 답해줬다.

"대박, 대애애애박. 나도 보사에서 일하고 싶다!"

"그러니까 대학 가서 공부 열심히 해라."

"응! 일단 병부터 낫고."

픽 웃고는 엑셀에 발을 얹었다.

부으으으으 -

❖

이사하고 나서 집에 한 번도 초대하지 않았기에, 시연은 집을 슥 둘러보고 입을 벌렸다.

"와, 넓다. 몇 평이야?"

평수를 말해주고는 집 여기저기를 소개시켜줬다.

"집 보고 있으니까, 신혼 부부 된 것 같은 기분이다."

결혼 얘기가 나오자 지현의 고개가 획 돌아갔다.

"결혼? 둘이? 나는?"

아무래도 신혼 부부 사이에 껴서 살 수 없으니, 급 걱정이 된 모양이다.

당연히 아직 결혼 생각도 없고, 거처도 정하지 않았지만 골려 줄 생각으로 말했다.

"나가, 이 년아."

"안 돼, 난 이 결혼 반댈세. 내 눈에 흙이 들어가기 전에는 둘이 절대 결혼 못 해!"

지현이 사극 흉내를 내자, 지훈이 조심스럽게 베란다 근처 화분에서 흙을 한 줌 집는 척을 했다.

"말 잘 했다. 어디 한 번 눈으로 흙 좀 퍼먹어 봐라."

"아아악, 언니. 이거 봐요. 이 사람이 맨날 이런다니까?"

"흙 먹은 다음엔 좀 맞자."

지현이 비명을 지르며 제 방에 쏙 들어갔다.

시연은 그 모습을 보고 귀여운 듯 미소 지었다.

"사이좋네. 나도 저런 동생 있었으면 좋겠다."

섬뜩한 소리에 절대 아니라고 고개를 저었다.

"그래? 대신 결혼하면 애 많이 낳자. 와글와글하게."

시연이 씩 웃으며 찔렀다. 이에 슬쩍 시선을 피했다.

지훈 방에 들어가자 예쁜 인테리어와는 어울리지 않는 담배 냄새가 제일 먼저 느껴졌다.

"담배 좀 끊으면 안 돼?"

"삶의 낙을 끊으라니, 야박하네."

"건강에도 안 좋고, 가격도 비싸잖아."

맞는 말이었으나 지훈에게 필수품이 딱 3개 있었다.

술, 담배, 믹스 커피.

"포기해, 절대 안 돼."

"담배 냄새 싫은데…."

"걱정 마, 담배 냄새도 네가 싫대."

시연이 볼을 부풀렸다.

다음으로 보여준 곳은 드레스 룸이었다.

아직까지는 지훈, 지현 둘 다 옷을 사지 않아 휑했다.

사실 지훈도 이거저거 꾸미는 것 좋아하지 않았다. 아무래도 척박하게 살아왔던 만큼, 그럴 시간이 없었기 때문이다.

매일 대충 입어도 괜찮은 기본 아이템만 입기 일쑤였고, 낡아도 빈티지 룩으로 보일 법한 옷만 찾아 입었다.

그렇기에 바지는 거의 청바지요, 상의는 80%가 티셔츠, 20%가 재킷이었다.

"정장 입으면 정말 멋질 것 같은데."

"넥타이 매면 누가 목 조르는 것 같아서 싫어."

누군가는 적당히 죄이는 그 느낌이 긴장감을 살려준다고 말했지만, 지훈은 그저 목이 졸린다고 밖에 느끼질 않았다.

결국 옷으로 티격태격 하다가, 시연의 성화에 못 이겨 다음에 같이 쇼핑을 가자고 결정됐다.

마지막 코스는 바로 작업실이었다.

"우와, 대부분 여기서 준비하는구나."

방 한구석에는 운동용 아령과 웨이트 바가 놓여 있었고, 벽면에는 지훈의 장비가 걸려 있었으며, PC 옆에는 마법서가 몇 권 꽂혀있었다.

시연은 아이처럼 눈을 빛내며 여기저기 훑고 다녔다.

"만져 봐도 돼?"

"창하고 총만 주의하고, 다른 건 다 괜찮아."

시연은 이것저것 입어 보기도, 만져 보기도 하며 제 호기심을 충족했다.

그 모습을 보고 있자니 기분 좋은 미소가 떠올랐다.

'잘 데려온 것 같다.'

한동안 헌팅에 대한 말을 주고받길 잠시.

"근데, 요즘 헌팅 자주 나가네. 위험하지 않아?"

병원에 입원했던 것 때문인지, 걱정스러운 말을 물었다.

사실 엄청나게 위험했다. 페커리 사냥 빼고는 대부분 목숨을 걸었고, 삐끗하면 바로 황천 갈 경우도 많았다.

하지만 입에는 거짓을 담았다.

"아니, 전혀."

"그래… 그냥, 좀 신경 쓰여서 물어봤어."

물러서지 않겠다는 태도를 보이자, 시연이 슥 물러났다.

그녀는 제 일을 사랑하는 만큼, 남 일도 소중하다는 걸 아는 여자였다.

"응, 그럼 이제 마법 보자. 이번에는 진짜 연구할 거야."

시연이 분위기를 확 돌리며 안경을 하나 꺼냈다.

안경에 마석 비슷한 게 덕지덕지 붙어 있었는데, 뭐하는 물건인지 감을 잡을 수 없었다.

'석중 할배가 쓰던 안경이랑 비슷한데. 뭐지?'

"그건 또 뭐야?"

"단순한 마력 감지도구야. 쓰고 있으면 마력이 보여."

시연은 지훈을 위 아래로 훑다가, 잠시 멈칫거렸다.

"그 반지도 아티펙트였어?"

반지 주변에 아주 미세한 마력이 감지됐기 때문이었다.

매일 끼고 다녀서 단순 소중한 물건이거니 싶어 묻지 않았는데, 아티펙트인줄은 몰랐던 시연이었다.

"어, 맞아. 가벼운 거야."

다 아는 마당에 되도 않는 거짓말 할 수도 없었기에, 중요한 말 다 잘라버리고 짧게 긍정했다.

"응. 그래 보이네. 미세하게 흐르는 게, F등급 정도로 보여."

F등급이라는 말에 지훈이 슬쩍 눈을 굴렸다.

'이런 미친 아티펙트가 겨우 F등급 이라고?'

착용자를 각성시켜 줌은 물론, 각성 능력을 제어해주며, 이블 포인트 제약까지 있고, 그 기능을 자세히 설명해 주는 안내역까지 붙은 반지였다.

그 외에도 동일 제작자 아티펙트와 공명은 물론, 마법 감지 및 저항까지 붙은 무시무시한 물건이었다.

절대 F등급일리 없었다.

게다가 지훈이 모르는 사실이 하나 있었는데, 바로 마나 감지 저항 기능이었다.

실제로 반지가 품은 마력은 어마어마하게 때문에, 마법사 주변에만 가도 마력 농도가 높아진 것 같은 착각을 줄 정도였다.

이런 마력을 그대로 뒀다간 당연히 누군가가 의심을 품고 약탈을 할 수 있었다. 아쵸푸므자는 반지의 소유자가 끝없는 분쟁에 휘말리길 원하지 않았으므로, 이런 기능까지 넣어 놨다.

아마 이런 마력 억제가 없었다면, 시연은 앞이 보이지 않을 정도로 거대한 마나 덩어리와 마주했을 것이다.

"저 창에도 흐르고, 저 둥근 총알에도 보이네?"

각각 여왕의 은혜와 폭발 마력탄이었다.

'굉장히 편리한 물건이다.'

그도 그럴 게, 원거리에서 슥 훑기만 하는 걸로 상대방의 장비 수준을 파악할 수 있는 물건이었다.

무력 돌파를 용이하게 해줌은 물론, 싸워야 할 상대와 싸우지 말아야 할 상대를 판별까지 해주니, 어찌 편리하지 않을 수 있겠는가?

"그거 얼마야?"

"아이덴티티 물품이라 시중에 안 팔걸. 우리도 연구 기기 명목으로 간신히 가져온 거야."

하긴, 그도 그럴 게 헌팅 다니면서 저런 장비를 쓰는 사람은 한 번도 본 적이 없었다.

"필요해?"

"그냥 있으면 안전하겠다 싶어서."

안전이라는 말에 시연이 집게손가락으로 입술을 짚었다.

하지만 딱히 별 말 없이, 바로 마법을 보고 싶다며 화제를
돌려버렸다.

권능의 반지

59화. 새로운 마법을 습득하다

NEO MODERN FANTASY STORY

원래 총, 그것도 소총 계열은 견착 및 반동 제어를 위해 양
손으로 사격한다. 까닭에 시전에 수인이 필요한 마법을 전투
중 사용하는 건 불가능했다.

총을 포기한다면 가능했지만, 굳이 화력 좋은 총기 내버려
두고 마법을 쓸 필요가 없었다.

'마법이 화기를 넘지 않는 이상 보조마법 외에는 사용할
일이 없다.'

어찌 보면 당연한 결과였고, 헌팅 팀에서 마법사를 찾아보
기 힘든 이유이기도 했다.

보통 실력 있는 전투 마법사의 기준이 '범위 마법'의 사용
가능 여부였다. 그리고 거기에 제일 애용되는 마법이 바로

'지반폭발'이었다.

'지반폭발'은 목표 지점의 땅(인공물 제외)을 분쇄해 그 가편으로 공격하는 마법이었다.

예상치 못한 곳에서 폭발이 일어나 혼란을 유도함은 물론, 크고 작은 파편들이 튄다는 사실은 굉장히 매력적이었으나…

문제는 저게 수류탄으로도 충분히 호환된다는 거였다.

용병 입장에서는 굳이 비싼 돈 내면서 마법사를 구할 필요가 없었다. 그렇다고 부르는 게 값인 고등급 마법사를 구할 수도 없는 노릇 아니던가.

마법사 입장에서도 굳이 위험 감수하며 수류탄 취급 받을 필요가 없었다. 아이덴티티에 취직하거나, 마법 공학 혹은 의학 쪽으로 나가는 게 훨씬 좋았다.

위험, 소득, 대우 그 어디를 봐도 전투보다는 생산 쪽이 훨씬 뛰어났다. 편한 길 내버려 두고 목숨 걸 사람이 몇이나 되겠는가.

간혹 용병 중 지훈 같은 마법 사용자가 있긴 했지만, 전부 보조 마법만 사용할 뿐이지 공격 마법은 손도 대질 않았다.

'결국 보조 마법 쪽으로 가야하나.'

아쉽지만 어쩔 수 없었다.

활로를 정한 뒤 알고 있는 마법들을 점검해 봤다.

'불꽃, 빛, 나무껍질. 이 세 개가 다인가.'

카페에서 처음 연습했을 때와 달라진게 전혀 없었다.

그 증거로 마법서랑 백과도 먼지만 잔뜩 먹었다.

'알고 있던 것부터 써보자. 장갑의 성능을 알아봐야 한다. 대충 코멘트 쳐내고 정리부터 해 볼까.'

[습작 954번]
등급 : B 등급
재질 : 알 수 없음
설명 : 적당한 방어력과, 마나 증폭 능력을 가지고 있다. 간혹 폭주의 우려가 있다.

폭주 시 의도치 않은 강화, 연장, 무음 등의 주문 강화가 될 수 있다. 착용 시 일정 마나가 소모되니 주의.

마나 증폭이라는 말에 카페에서 있던 일을 떠올렸다. 분명 반지 기능에도 마나 증폭관련 사항이 있었다.

'일단 중첩되나 확인해 봐야 한다. 그리고 중첩 시 마나 소모량도 생각해 봐야 하고.'

괜히 증폭 두 번 됐다가 마나가 제곱으로 상승해서, 마법 한번 쓰고 픽 쓰러지면 의미가 없다.

"이제 써볼게."

시연에게 말하니 빠짐없이 보겠다는 듯 고개를 끄덕였다.

속으로 마법 영창을 준비하자, 반지가 작게 진동했다.

- 사용자의 주문 활동 감지. 마나를 증폭할까요?

아니나 다를까 장갑보다 반지가 먼저 반응했다.

'증폭해.'

– 마나를 증폭합니다. 마나 소비에 주의하십시오.

"ilutulestik(불꽃)!"

작게 외치자 손이 시린 것 같은 느낌과 함께 장갑이 급속도
로 차가워졌다. 그리고 동시에⋯

화르륵!

평소보다 배는 커 보이는 불꽃이 손을 감쌌다.

"와, 신기하다. 마법으로 만든 불꽃이라 그런지 전부 마력
덩어리야! 단순 산소 밀도 조절 및 재충전을 통한 소수초 단
위 연속 폭발인줄 알았는데, 의외네."

시연은 신기하다는 듯 눈을 반짝거렸다.

무슨 말을 하는지 모르겠으나, 일단 긍정적인 반응인 것 같
아 내버려 뒀다.

'장갑이 차다. 마나 증폭 때문인가?'

– 이중 증폭입니다. 마나 소모량에 주의해 주십시오.

반지가 의문을 확신으로 바꿔줬다.

일단 장갑은 착용하면 사용자의 의도와 상관없이 무조건적
으로 마나를 증폭하는 물건 같았다.

사실 말이 증폭이지 마나 소모량을 재물로 위력을 늘리는 거나 다름없었다.

"자기야, 온도가 좀 높은 것 같은데. 꺼야 하지 않을까?"

마나를 잔뜩 갈아 넣은 효과가 있었던 모양이었다.

다음을 위해 해제한 뒤, 다른 마법을 시전 해봤다.

어차피 이중 증폭을 확인한 터라 굳이 반지의 증폭 기능은 사용하지 않기로 했다.

"눈 아플 수도 있으니까 고개 돌리고 있어. valgus(빛)."

집게손가락 끝에서 섬광이 휘몰아쳤다.

확실히 그냥 사용해도 LED 백열등 같은 빛인데, 마나까지 증폭하니 밝아도 너무 밝았다.

"자기야, 눈부셔. 끄면 안 될까?"

시연의 요청에 따라 마법을 해제했다.

'역시 이 마법은 쓸 일 없을 것 같다.'

빛이야 어차피 총에 전등 달면 됐고, 아니다 싶으면 나이트 비전 쓰면 땡이었다.

이 마법을 썼던 기억이라곤, 술 먹고 정신 나가서 클럽 전등마냥 비추며 망나니 짓 했던 게 다였다.

마지막으로 시연에게 나무껍질 마법을 시전 해줬다.

"으, 살 위에 벌레 기어 다니는 것 같아. 이상해."

아무래도 피부 위에 나무껍질이 돋는 마법이니, 어쩔 수 없는 현상이었다. 시연은 한동안 이상야릇한 신음을 냈다.

하지만 평소와 다른 게 있었으니….

"앞에 안 보여. 원래 이런 거야?"

안경까지 껍질에 전부 덮여버렸다.

아무래도 이 마법을 개발한 사람이 살던 세계에는 안경이라는 물건이 없었던지라, 안경 역시 '의복'의 일종으로 판정되는 것 같았다.

그렇기에 당연히 시야 투과가 되질 않았고, 안경 쓴 사람은 앞이 보이지 않을 수밖에.

"기다려 봐, 벗겨줄게."

안경을 당기자 쩍 하고 떨어졌다.

시연은 그제야 앞이 보인다며 좋아했지만, 나무껍질이 가득한 제 피부를 보고는 화들짝 놀랐다.

"이게 뭐야."

"그게 나무껍질. 보호 마법인데 좀 어때?"

"마법사들 괴짜 많다던데 이유를 좀 알 것 같아."

이후 시연과 이런저런 잡담을 주고받으며 마법에 대한 얘기도 잠시.

새로운 마법 습득을 위해 마법서를 펼쳤다.

알아보기 힘든 룬어들이 잔뜩 적힌 책에 시연이 잠시 언어학적인 얘기를 꺼냈으나, 이내 핸드폰을 꺼내 뭔가를 적었다.

"뭐해?"

"아냐. 그냥 생각 좀 정리하고 있어. 자기 할 일 해."

집중하는 것 같아 내버려 두고 책으로 눈을 옮겼다.

새로운 마법을 배우기에 앞서, 정확하게 어떤 보조 마법을 배울지 정해야 했다.

보조 마법에는 크게 3가지가 있었다.

1. 사용자 및 대상자를 강화하는 마법.

나무껍질 같은 보호 마법부터 정신계 마법에 대한 보호, 환각 저항 등 여러 가지가 있었다.

2. 상대방을 교란시키는 상태이상 마법.

지훈이 맞았던 몽롱함 같은 마법으로, 마법에 저항이 없는 상대를 무력화 시킬 수 있는 마법이었다.

3. 아티펙트 제조 등 비전투 특화인 마력 부여 계통.

아직 겪어보진 못했지만, 아티펙트를 만들거나 포션 등을 제조할 수 있는 마법이었다.

셋 다 매력적이었다.

보호 마법은 나무껍질만 해도 저항을 5나 올려주는 강력한 마법이었다. 만약 높은 수준으로 올린다면, 강화계, 변이계 이능 못지않은 강력한 보호 마법을 배울 수 있을 터다.

'잠깐만, 그럼 이능이랑 마법이랑 차이가 뭔데?'

- 사용자의 신체 에너지를 소모하느냐, 마력을 소모하느냐에 차이가 있습니다. 또한 마법의 경우 많은 종류를 통해 범용성 있는 보호를 제공하지만, 이능은 단일 계열 강화인 대신 강력한 효과를 자랑합니다.

일장일단이었다.

가속 이능으로 예를 들어본다면, 동급 마법보다 지속시간
및 성능에서 절륜한 성능을 자랑했다.

지금은 부작용 때문에 덜덜거린다지만, 등급이 높아지면
마법으로는 따라올 수 없는 초고속을 제공 할 수 있다는 얘기
였다.

상태 이상 마법은 직접 사용해 본 적은 없으나, 피격 경험
은 있었다. 실제로 민우가 몽롱함 마법을 맞고 총을 난사한
전과도 있었고 말이다.

이러한 군중제어기의 확보는 일 대 일 전투는 물론, 다 대
다 전투에서도 강력한 힘을 발휘할 게 분명했다.

하지만 문제가 하나 있다면 주문 시간이 길다는 거였다.

'상태 이상 마법은 최소 2소절 이상 읊어야 한다.'

그럼 전투 중 사용은 거의 불가능하다는 얘기였고, 써봐야
전투 전에 잠깐 써야 한다는 얘기였는데…

'그 전에 저격당하면?'

뒤에서 몸 숨기고 안전하게 마법만 쓴다면 모를까, 전방에
서 싸우는 지훈에게는 무리였다.

마력 부여도 실력만 된다면 굉장한 장점이 됐다.

직접 아티펙트를 제작할 수 있다. 굳이 길게 설명할 것도
없는 대단한 능력이었다.

무력이란 원래 본인의 능력도 중요하지만, 그를 뒷받침 해
주는 물건 역시 그에 못지않게 중요했다.

총 든 인간이 고릴라를 제압할 수 있듯, 장비가 좋은 비각성자가 F~D등급 각성자와 맞먹었다.

좋은 예시로 칼콘이 있었다.

그는 오크라는 종족 특성과 군인으로써의 경험, 그리고 아티펙트를 이용해 아주 잠시나마 각성자와 비슷한 힘을 낼 수 있었다.

그 외에도 인간 과학의 정점에 있는 핵이 있었다.

역사서에도 적혀있듯, 미국은 카즈가쉬 클랜의 A등급 9티어 각성자에게 핵미사일을 발사한 전례가 있었다.

자세한 사항은 군기밀이라 알 수 없었지만, 결과적으로는 핵의 승리였다.

하지만 역시 마법부여에도 단점이 있었는데…

'재료비 어떨 건데?'

돈이었다.

어느 수준에 도달하면 돈을 벌다 못해 쓸어 담을 수 있겠지만, 거기까지 가는 데 돈이 백억 단위로 들어간다.

'때려 치자.'

고민 결과 보호 마법을 배우기로 결정했다.

백과를 살펴보니 보호 마법에도 여러 학파가 나누어져 있었다. 물리 보호, 정신 보호, 특정 대상으로부터 보호 등 갈래가 많았지만 가볍게 넘겼다.

지훈에게 필요한 건 지식이 아니라 당장 쓸 수 있는 마법이었기 때문이다.

여러 번 실패해가며 무조건적으로 부딪쳐본 결과 몇 가지 마법을 습득할 수 있었다.

1. 돌 피부 (Seat nahka).

2. 위압감 (ähvardava).

3. 신진대사 감소 (Vähenenud metabolismiga)

돌 피부는 나무껍질의 호환 마법이었다. 저항을 10 올려주는 대신, 민첩성이 5 감소했다.

민첩에 대한 패널티가 크긴 했지만, 저항이 10이나 오른다는 건 굉장한 장점이었기에, 쓸 만할 것 같았다.

위압감은 상태 이상의 특징을 띄는 강화 마법이었다.

이는 대상에게 커다란 위압감을 부여해, 상대방으로 하여금 시전 대상을 경계하게 만들었다.

신진대사 감소는 식량이 부족하거나, 환자가 생겼을 시 사용할 수 있는 마법이었다.

말 그대로 대상의 신진 대사를 낮춰 반수면 상태에 들게 만드는 마법이었다.

공격 마법으로도 사용할 수 있지 않을까 싶었지만, 안타깝게도 시전 범위가 지근거리라 그럴 가능성은 없어 보였다.

이후 새로운 마법을 몇 번 연습하길 몇 번. 결국 얼마 못 가 마나가 다 떨어져 버렸다.

– 마력이 상승했습니다. E등급 (15) = 〉E 등급 (16)

마나 없이 수련할 수도 없는 노릇이었기에, 그만두고 시연
과 즐거운 시간을 보냈다.

밖에 나가 오래 간만에 외식도 하고, 매장에 끌려 들어가
옷도 몇 벌 샀으며, 시연의 집에서 다른 의미로 즐거운 시간
도 보냈다.

둘이 침대에 누워 있자니 시연이 깜짝 놀란 듯 말했다.

"아! 자기 집에 안경 놓고 왔어!"

"지금 가져다줄까?"

"어차피 내 소유라 괜찮기는 한데… 그냥 다음에 줘."

중요한 물건인가 싶어 이후에 계속 가져가 주려고 했으나,
시연은 이상하게 '다음에 줘.' 라는 말만 반복했다.

'가지라는 거야, 뭐야?'

애매했다.

권능의 반지

60화. 신데렐라 퍼퓸

NEO MODERN FANTASY STORY

집 대금과 지현 치료비가 한 번에 빠졌기 때문일까?

잔고가 6000만 원 쯤 남았음에도 뭔가 부족해 보였다.

'슬슬 의뢰 맡아야 할 것 같다.'

저번 헌팅에서 돌아온 지 겨우 2주 밖에 되지 않았지만, 슬슬 재정비를 해야 할 것 같았다.

'다음 주에 지현이 치료비 내야한다. 거기다 애 대학 보내고 기타 할 거 생각하면 돈 빠져나갈 구멍 많군.'

생활적인 측면 말고 의뢰적인 측면에도 돈이 필요했다.

임무에 따라 다르지만, 장갑차는 물론 새로운 아티펙트가 필요할 수도 있었다.

돈 다 떨어지고 나서 의뢰 받았다간 정작 준비 단계에서 펑

크가 날 수도 있었기에, 미리미리 신경 써야 했다.

이번에는 무슨 일 할까 머리 싸고 고민했지만, 딱히 마땅한 일은 생각나질 않았다.

공격대 임무는 수시모집이라 영 떨떠름했다.

용병들 최전방에 밀어 넣고 고기 방패로 쓴다는 소문이 돌았기 때문이었다.

'갈 때 마다 사람 여럿 죽어나가니까, 수시 모집이겠지.'

애초에 경험 있는 사람끼리 가서 편하게 사냥하면 좋은데, 뭐 하러 경험 없는 신참 뽑는단 말인가?

결국 레이드 갈 때 마다 누군가는 죽는다는 얘기였다.

용병 일도 지금은 영 구미가 당기는 의뢰가 없었다.

떼인 돈 받아오기, 사람 찾아 달라는 것 같은 자잘한 의뢰 혹은 연구 물품 찾아오기 같은 어려운 의뢰가 다였다.

후자는 살짝 혹하긴 했지만, 전문지식이 없는 사람이 갔다가 괜히 후송 중 박살 혹은 오염시켜 버렸다간 말짱 도루묵이었다.

'에라 모르겠다.'

잠깐 머리나 식힐 겸 소파에 누워 TV 전원을 켰다. 이름 모를 걸그룹이 툭 튀어나왔다.

— 난 너를 사랑해. 너를 위해서라면 뭐든 할 수 있어. 그러니까 다른 여자 보지 마. 내가 널 지켜줄게.

지현이 전에 음악 방송을 보고 있었는지, TV를 켜자마자 웬 듣도 보도 못한 걸그룹이 노래를 부르고 있었다.

유치찬란한 가사였으나 아이돌 가사가 거의 거기서 거기였기에, 별 기대 없이 조용히 들었다.

아니. 들었다기 보단 그냥 춤과 몸매, 얼굴만 혹 훑었다.

'예쁘네.'

건조한 감상이었다.

실제로 보면 다들 미인이었을 테지만, 성형수술 및 마법으로 이미 상향평준화가 될 대로 된 연예계였다.

이제는 그냥 연예인을 봐도 그냥 예쁘다, 그 이상 그 이하의 감정도 들지 않았다.

TV 속에서 젊은 여자가 뒤태를 뽐내며 엉덩이를 흔들었다.

현재 걸그룹은 노출도 심한 무대 의상을 입은 상태였다. 당연히 넓적다리 살이 다 드러나며 굉장히 야릇한 분위기가 흘렀다.

묘했다.

과거 몬스터 아웃브레이크 전에야 모르겠지만, 적어도 지금은 참 기괴하게 비틀어진 연예계였다.

방송 전체가 자극적으로 변한만큼, 연예계 역시 엄청난 폭풍에 휘말렸다.

종족 전쟁 직후.

정부는 정치적 안정 및 전후처리를 위해 연예계를 적극 이용했다. 시민들이 눈을 돌릴 거리가 필요했기 때문이었다.

규제가 느슨해지며 성적이고 자극적인 방송들이 쏟아져 나왔다. 이에 전쟁으로 지쳐있던 사람들은 열광했다.

그 결과가 무투 경기 크라토스였고, 그 결과가 바로 저 성적인 안무였다.

괜히 미친 세계라는 말이 나오는 게 아니었다. 이제 TV만 틀어도 섹스와 잔악을 너무나도 쉽게 찾아볼 수 있었다.

물론.

지훈은 그냥 예쁜 애들이 야한 옷 입고 춤춰서 좋았다.

제 코가 석자였다. 나라고 뭐고 본인만 좋으면 끝이었다.

– 예, 이상 신데렐라 퍼퓸의 멋진 무대였습니다!

– 멤버가 전부 각성자라니, 믿을 수가 없어요.

무대가 끝나자 아이돌로 보이는 MC 두 명이 국어책 읽듯 어색한 꽁트를 주고받았다.

'요즘 그냥 개나소나 각성자네.'

아이돌 그룹 전원이 각성자라는 얘기를 들었기 때문일까?

과거 각성자가 되려고 아등바등한 자신은 도대체 뭘 했나, 싶은 생각이 잠깐 스쳤다.

'요즘 각성자 되고 싶어서 수술 받는 사람 급증 했다더만, 이게 다 TV 때문이었나.'

각성 확률이 100%인 것도 아닌 주제에, 수명을 엄청나게 깎아 먹는 수술이었다.

시간과 돈을 걸고 하는 도박임에도, 사람들은 TV 속 아이돌, 배우 같은 존재가 되기 위해 아무렇지도 않게 수술대에 올랐다.

그 정도로 사람들은 각성자를 동경했고, 열광했다.

– 맞다. 이번에 신데렐라 퍼퓸이 서울 개척지에 콘서트를 연다고 하던데, 그 소식 들었나요?

– 우와, 정말요? 포탈까지 넘어서 콘서트를 가다니. 열정이 대단하군요!

'뭐?'

살짝 얼굴을 굳혔다.

개척지는 서울 본토와는 전혀 다른 장소라고 봐야 옳았다.

치안 개판에 총기 유통까지 활발한 장소였다.

누가 미친 척 하고 저격이라도 때렸다간 아이돌 머리통 날아가는 게 생방송으로 한국 전역에 퍼질 수도 있었다.

'아니 아이돌이 왜 이딴 데를 와?'

저번에도 어떤 영화배우가 리얼 다큐멘터리 찍는 답치고 헌팅 따라갔다가 다리 두 개 날려먹은 적이 있었다.

문제는 그걸 편집해야 했는데…

이슈에 환장한 PD가 그걸 편집 없이 내보냈다.

그 외에도 저런 사건들이 분기에 한 번씩 터지는 게 바로 서울 개척지였다.

'관광을 와도 경비 붙여야 할 판에 콘서트를 온다고?'

어이가 없었지만 동시에 일거리 냄새도 났다.

지훈은 문득 민우와 했던 대화를 떠올렸다.

– 형님, 저희는 아이돌 경비 안 해요?

– 왜, 하고 싶나?

– 당연히 하고 싶죠.

씩 웃고는 전화기를 들었다.

먼저 민우에게 전화했으나 부재중인 듯 받질 않았다.

요즘엔 아무도 안 쓰지만, 세드에서는 불티나게 팔리는 물건. 삐삐로 연락하니 얼마 지나지 않아 전화가 걸려왔다.

"예, 형님. 부르셨습니까?"

"야, 너 요즘 바쁘냐?"

"그냥 체육관에서 스파링 하고 있었습니다."

증명하기라도 하듯, 전화 너머로 팡팡 소리가 들려왔다.

"일거리 생길 것 같아서 시간 좀 맞춰보려고."

"전 괜찮아요."

사실 약속 있다고 해도 비우라고 하려고 했다.

"그래, 살 열심히 빼고, 운동 열심히 해라."

"헤헤. 당연하죠, 이제 한 사람 밥 값 해야 하는데."

살짝 대견스러워서 웃음이 나왔다.

"야, 너 근데 아이돌 좋아하는 애들 있냐?"

"어… 형님 머글 아니셨어요?"

머글. 마법 관련 단어가 아닌, 연예인의 팬이 아닌 일반인을 뜻하는 은어였다.

"뭐, 이 새끼야?"

"아, 아뇨. 저는 요즘 신데렐라 퍼퓸 좋아해요."

익숙한 단어에 지훈이 씩 미소를 지었다.

"그래, 운동 열심히 해라."

다음으로 칼콘에게 전화를 걸었다.

"나다."

"응, 무슨 일이야?"

"너 정산 받은 거 얼마나 남았냐?"

돈 쓰는 속도로 봤을 때 아마 5000쯤 남지 않았을까 하고 예상해 봤다.

"대충 다섯 개?"

귀신처럼 딱 맞아 떨어졌다.

"일 하나 잡을까 싶은데 어떻냐."

"나는 무조건 좋아."

다들 시간이 맞았다.

뭐 사실 없다고 그래도 만들라고 볶을 생각이었지만, 어쨌든 어귀가 맞으니 다행이었다.

'그럼 오래간만에 할배 좀 만나러 가볼까.'

페커리 이후 오래간만에 석중을 찾아갔다.

언제나 그렇듯 C4 화약과 곰팡내가 섞여 났다.

"거 이거 청소 좀 합시다. 올 때 마다 느끼는데 냄새 한 번 죽이네, 진짜."

"홀아비 굴에 기어들어 왔으면, 밤꽃 냄새 정도는 맡을 각오 와야 하는 기다."

평소 욕설 섞인 과격한 안부에 비해 퍽 차분한 인사였다.

"됐소. 오늘은 뭐 그리 또 저기압이오?"

"밥이 맛이 없었디."

남자는 나이가 들면 애라는 사실이 떠올랐다.

"돈 많이 벌면서, 뭔 밥 맛 타령이요. 꿩 대신 닭이라고, 뭐 영 아니다 싶으면 계집 시중이라도 받으며 드시던가."

"음식한테 음식 받아먹는데 퍽 맛이나 좋겠데, 쓰애끼야. 게다가 하나는 먹지도 못해서 싫디."

"아니 할배한테 문제 있는 걸 왜 나한테 화풀이요?"

"내 오늘 기분 안 좋다. 거 물건에 고기 써는 칼 박히기 싫으면 입 다물라. 그래서 오늘은 뭔 일로 왔어."

중배 사건이 떠올라 슬쩍 중앙이 아려왔다.

"요즘도 연예계 뒷문으로 나들이 하쇼?"

"글쎄. 원래 레니게이드 벌그지들이 까트 쥐고 흔들어서 요즘엔 뜸했으이, 요즘 갸네 이상하게 조용하디."

그도 그렇게 중배를 시작으로 큼지막한 팀 2개가 나란히 작살났다. 선두 주자에서 밀려났으니, 이제 후발 주자들이 신경 쓰일 터였다.

"누가 보면 아무것도 모르는 사람 같고만. 할배가 중배 조져났으니 그러는 거 아니요. 거 낯짝 참 두껍소."

"하, 덤터기 씌우는 거 보라? 네가 레니게이드 애들 조진 거 내 모를 것 같니. 차량 조회 때려보니 그이들 꺼드마. 그거 처리한다고 등골이 서늘했다, 개-쓰애끼야."

어디 물건인지 얘기 안했음에도, 전부 알고 있었나보다.

알 수밖에 없었던 게, 애초에 뒷골목 쥐락펴락하는 석중이었다. 아마 처분 과정에서 소문을 들었으리라.

"하하, 거 그런 건 그냥 모르는 척 하쇼."

"레니게이드 돈 빵꾸나서 언더 다크에 대출 했대드라. 지금 범인 잡는다고 눈 뻘개져있다."

살짝 위험한 상황이었으나, 웃음만 나왔다.

어차피 걔네 물건 거래한 석중도 엮인 상황이었다. 밀고 가능성도 없고, 증거도 없다.

"그래서. 연예계 뒷문 있소, 없소?"

석중이 슬쩍 얼굴을 굳혔다.

"내 개구멍은 안 판다. 뒷맛이 구리디."

그렇게 말하면서도, 카운터로 명함 한 장을 건네줬다.

"온 김에 심부름이나 하나 해라. 거 전화해서, 내 이름 대고 물건 들어왔다고만 딱 말하라."

돌려 말한 승낙이었다.

단지 다른 사람이 여럿 엮이다보니, 안전 및 보수에 대해서는 책임질 수 없었기에 저런 행동을 보인 것뿐이었다.

"고맙소, 할배. 다음에 일 생기면 또 찾아오겠소."

"객사하지 말라. 키우던 개 뼈 추리기 귀찮디."

"거 할배나 자꾸 키우던 개한테 물릴 개소리 싸지나 마쇼."

서로 과격한 인사를 주고받은 뒤, 픽 웃었다.

대충 돌아다니다 저녁 깨쯤 명함을 훑어봤다.

PSK 엔터테이먼트, 이사. 박성국.

일 여부를 묻기 위해 바로 가까운 공중전화로 향했다.

수신음이 10번 쯤 울렸을 쯤 목소리가 들려왔다.

"PSK 이사, 박성국입니다."

인사 할 것도 없이 바로 본론을 꺼냈다.

"석중 할배 전화요. 물건 들어왔소."

"조만간 찾아뵙겠다고 전해. 그리고 네가 할배가 말한 그 놈이냐?"

수화기 너머로 반말이 툭 튀어나왔다.

'이 새끼가?'

초면에 반말을 들으니 기분이 팍 상해버렸다.

원래 지훈도 초면에 반말을 자주 하는 편이긴 했으나, 원래 모든 게 내가 하면 로맨스, 남이 하면 불륜인 법이었다.

"말이 짧다. 우리가 구면이던가? 거 내 듣기로 말 짧으면 명줄도 짧아진다던데. 어떻게 생각해?"

강하게 나가자 날카로운 침묵이 스쳤다.

"거… 까칠하시기는, 석중 할배한테 전화 받았어. 그래서 이쪽 경비 일 하고 싶으시다며?"

꿀리기는 싫었는지, 기묘하게 섞인 반존대를 했다.

이에 지훈은 그냥 반말로 답해줬다.

"어. 맞아."

"그렇지 않아도 이번에 지구에서 걸그룹 하나 오는데, 걔네 경비 자리가 좀 남디다. 그거면 괜찮겠나?"

아마 신데렐라 퍼퓸을 말하는 것 같았다.

"페이?"

"관광 포함 3일. 일당 1000만. 원래 1500인데, 내 몫으로 수수료 500. 콜?"

어차피 걸그룹 호위라고 해봐야 별 거 없을 것 같았다.

대형 기획사를 끼고 있었기에 콘서트 때는 알아서 추가 경비 배치 딱딱 할 테니 저격 걱정이 없었다.

게다가 관광도 내부 정보 새어나가지 않는 한 기습을 걱정할 필요가 없었다.

덤벼봐야 홧김에 달려든 일반인일게 분명했다.

그 정도라면 대충 따라다니기만 해도 일당 챙길 수 있겠지.

"일은 언제부터 시작이지?"

"사흘 뒤. 서류 작업해야 하니까 사진하고 신분증 내 주소로 보내주쇼."

이후 일에 대한 주의사항을 들은 뒤 전화를 끊었다.

'이번 일은 좀 쉽겠군.'

내심 그렇게 생각했으나, 언제나 예상치 못한데서 일이 꼭한 번씩은 터졌음이 떠올랐다.

애써 그 생각을 꾹 눌러 담았다.

권능의 반지

61화. 버릇없는 사람

NEO MODERN FANTASY STORY

보통 연예인의 힘은 쓰는 대기실로 슬쩍 엿 볼 수 있다.

잘 나가고 누구나 알 법한 연예인 TV달린 개인 대기실을, 신인 혹은 뜨지 못한 연예인은 좁은 방, 그것도 야전 병원마냥 칸막이로 나눠진 곳을 써야했다.

그런 의미에서 신데렐라 퍼퓸은 잘 나가는 연예인이었다.

신인임에도 개인 대기실을 쓰고 있었기 때문이었다.

하지만 정작 본인들은 화가 났는지 표정이 좋지 않다.

"아, 짜증나!"

예쁘장하게 생긴 여자가 무대 의상을 거칠게 벗어 던졌다.

그녀의 이름은 호진.

신데렐라 퍼퓸의 맏언니이자 리더였다.

"우리가 소, 돼지야? 아니 어떻게 대전에서 콘서트 하고 다음 날 바로 개척지 라이브를 잡아!"

고와서 벌레 한 마리 못 잡을 것 같은 얼굴에 온갖 짜증과 불쾌한 감정이 묻어났다.

"사람을 가축 취급하는 것도 적당히 해야지, 이게 뭐하는 거냐고!"

대기실 안에 한 동안 날카로운 욕설이 튀어 다녔다.

사람 불편하게 만들기 충분한 분위기였음에도, 정작 남은 두 멤버는 전혀 개의치 않는 듯 했다.

"아쉽다. 나 이번에 화이트 프린스랑 미팅 잡아놨는데!"

화이트 프린스. 근래에 바짝 뜬 남자 아이돌이었다.

"나도 싫어. 솔직히 이렇게 일 했으면 하룻밤 정도는 푹 쉬게 해줘야 하는 거 아냐?"

막내 소휘가 투덜거리는 아리에게 작게 속삭였다.

"언니. 근데 걔네 작대."

"걔네 키 작은 거는 다 알고 있는데. 뭘 새삼스럽게?"

아리가 물음표를 띄우자, 소휘가 음흉하게 까르르 거렸다.

"그거 말고~ 있잖아."

"아, 그거? 작기만 하면 다행이게. 물컹거린다며~ 완전 싫다."

"내가 저번에 걔네 리더랑 놀아봤는데, 진짜 완전 별로."

"어머, 얘 봐. 일반인으로 만족하려고?"

소휘와 아리는 팬들이 들으면 입에 게거품 물며 실신할 말을 아무렇지도 않게 툭툭 내던졌다.

사실 아이돌이래 봐야 사람이었다.

사회에서 잘 나가고, 노는 거 좋아하는 애들을 아이돌 시킨다고 사생활 단속하니 욕구는 쌓여갈 수밖에 없었다.

풍선을 과도하게 불면 어딘가 찢어지듯, 사람의 욕구도 똑같았다. 그 결과가 바로 동종계통 연애 및 유희였다.

피차 소문 새어나가면 죽을 입장이라 비밀 유지도 철저했고, 뒷맛 쓰릴 거 없이 재밌게 즐길 수 있었기 때문이다.

굉장히 위험했으나, 소속사들도 적당한 선에서 묵인했다.

사람이 짐승도 아닌데 기본 욕구인 연애 욕구, 성적 욕구까지 억누를 순 없음을 알기 때문이었다.

게다가 이러한 사실이 최근 정치 문제 소화제로 쓰이면서, 연달아서 연예계 마약 및 섹스 스캔들이 뻥뻥 터진 적이 있었다.

이미 대중들도 다들 짐작은 하고 있는 사실이었다.

"남자 둘이랑 놀면 무슨 기분일까?"

"밝히기는. 너 그러다 한 방에 훅 간다?"

둘이 청초한 분위기와는 전혀 어울리지 않는 온갖 음담패설을 입에 담고 있자니, 리더 호진이 작게 욕을 내뱉었다.

"적당히 해라 미친년들아. 너희는 이딴 취급 받았는데 화도 안 나냐?"

호진이 씩씩거리며 물었지만, 아리와 소휘는 갸웃거렸다.

"이런 거 일상이잖아. 그냥 언니도 빨리 익숙해 져. 이참에 세드 관광 한 번 갔거니 해야지 뭐."

"거기 부작용 없는 좋은 약 있다며~ 이사님이 하나 구해 준다고 했단 말이야. 궁금해!"

호진은 결국 고개를 저으며 한 숨을 내뱉었다.

"됐다. 내가 너희랑 무슨 말을 하겠냐."

리더가 한숨을 쉬거니 말거니, 아리와 소휘는 떠들었다.

"이번에 세드에서 헌팅 뛰던 사람이 경호로 붙는다며?"

"어떤 남잘까. 키 크고 근육질이었으면 좋겠다."

"거기다 친절한 훈남이고!"

키 크고 근육질에 친절한 훈남.

신화 속에나 나오는 그런 존재였다. 왜 비슷한 거 있지 않는가, 아무리 먹어도 흉부에만 살찌는 그런 여자 말이다.

신데렐라 일행은 어떤 사람이 경호원으로 올 지 꿈에도 모른 채

⊕

성국은 이런 일을 많이 해봤는지, 사진과 신분증 사본 몇 개 가져다주자 금세 서류를 작성했다.

– 잘 들어 둬. 당신들은 이제부터 KS 캡스 직원이요. 물론 KS 캡스는 페이퍼 컴퍼니지. 단지 노동 유통을 위한 회사라

고, 알겠소?

　- 일단 유니폼이랑 장비는 전부 다 지원 할 거니까, 괜히 일반 헌팅용 소총 들고 오지 마쇼. 온실 속 화초… 랑은 거리가 멀긴 한데, 어쨌든 애들 겁먹어서 좋을 거 없으니까. 권총 한 정 정도는 괜찮소.

　- 아니, 잠깐만. 오크 있다는 말은 안 했잖아? 오크는 눈에 너무 띄니까, 안… 잠깐만, 총 좀 내려놓고 얘기합시다. 응?

　- 어쨌든. 석중 할배 때문에 넣어 주는 거니까, 제발 서로 머리 아플 사고만 치지 마쇼. 그럼 너희도 돈 제대로 받고, 나도 수수료 떼고. 딱 좋은 거요.

　- 그리고 마지막 충고인데. 누가 위험한 사진 찍으려고 하면 무조건 뺏으쇼. 그리고 절대 애들이 뭐라고 해도 화내거나, 때리거나 하지 말고. 제발. 제발. 제발 좀 부탁하오.

　지훈은 성국이 설명해 준 내용을 대강 설명해 줬다.

　"이번에는 장비 새로 안사도 되겠네. 좋다."

　"우와, 그럼 저희도 막 검은 정장 입는 거에요?"

　굳이 대답할 거 없이, 성국에게 받은 장비들을 건네줬다.

[장비]

[지훈의 장비]

무기.

글록 19 (9mm 비살상 고무탄, 마력 탄환 예비)

16인치 삼단봉 (40cm, 탄소강/두랄루민)

방어구.
핏이 잘 맞는 검은색 정장 (캐시미어, 일반 물품)
정장 구두 (일반 물품)

기타.
핸드폰.

[칼콘의 장비]
무기.
16인치 삼단봉 (40cm, 탄소강/두랄루민)
슈타이어 M 권총 (9mm 비살상 고무탄)

방어구.
꽉 끼는 검은색 정장 (캐시미어, 일반 물품)
정장 구두 (일반 물품)
선글라스 (일반 물품)

[민우의 장비]
무기.
16인치 삼단봉. (40cm, 탄소강/두랄루민)
글록 19 모델건. (BB탄)

방어구.

루즈한 검은색 정장 (캐시미어, 일반 물품)

정장 구두 (일반 물품)

컨텍트 렌즈 (시력 보정용)

[공통]

호루라기.

블루투스 이어폰.

이동용 승합차.

까트가 든 가방

단순 요인 경호가 목적인지라 다들 장비가 가벼웠다.

지훈은 전체적으로 경호원보다는 퇴폐미를 풍기는 모델 같은 분위기였다.

반면 칼콘은 덩치 때문인지 잘못 건드렸다간 바로 허리를 반으로 접어 버릴 것 같은 위압감을 뿜어냈다.

마지막으로 민우는 최근 살이 빠진 까닭인지 그래도 후덕한 느낌은 나질 않았다.

"야, BB탄 총이 뭐야. 애야?"

칼콘은 민우의 BB탄 총을 보며 비웃었다.

아무래도 개인 권총을 갖지 않았던 터라 겉이라도 그나마 비슷한 걸 가져온 듯 싶었다.

"에이, 씨. 총 없어서 그랬죠. 모른 척 하고 넘어가면 안 되요? 기껏 멋지게 차려입었구만!"

민우가 허리춤에서 총을 꺼내 칼콘에게 쐈다.

틱, 틱!

BB탄이라 아플 법 했음에도 칼콘은 아무렇지도 않다는 듯 낄낄거리며 다 맞아줬다.

"가만히 있어. 민우 너도 총 집어넣어. 괜히 총 들고 있다가 문제 생기면 위험하다."

현재 일행은 개척지 포탈 터미널로 향하는 중이었다.

"크다. 여기 지나면 이방인의 땅으로 가는 거야?"

지구의 또 다른 이름. 이방인의 땅.

세드의 주빈들은 지구를 '이방인의 땅'이라 불렀다.

원래대로라면 3층 건물만한 포탈 하나만 덩그러니 놓여 있던 장소였으나, 지금은 거대한 빌딩이 자리 잡고 있었다.

벤츠를 주차장에 주차하고는 터미널 안으로 들어갔다.

평소라면 몇몇 환영객만 있어야 했지만 아무래도 신데렐라 퍼퓸 때문인지 온갖 사람들이 몰려 있었다.

사진을 찍기 위한 기자, 팬으로 보이는 사람들, 단순 연예인을 보기 위해 구경 온 나들이객 등등이었다.

"우와, 역시 연예인이네요. 나 넘어왔을 때는 사람 거의 없었는데 말이죠."

"이제 농담 그만하고 자세 잡아. 저 중 누가 뭘 어떻게 할지는 아무도 모른다."

번거롭더라도, 일당 1000만 받고 하는 일이었다.

돈을 받기 위해서라도 괜한 모습이 사진에 담겨 트집을 잡히거나, 사건 터져서 귀찮은 일 생기는 건 피해야 했다.

각 잡고 기다리고 있자니, 옆에 있던 기자들이 수군거리는 소리가 들려왔다.

– 얘기 들었어? 이번에도 각성자 경호 쓴다는데?

– 걔네는 무슨 세드 넘어올 때 마다 각성자 경호야. 누가 뒤에서 장난질 치는 거 아냐?

– 그런 찌라시 있긴 한데, 잘 모르겠어. 소문으로는 마약 파티도 한다던데?

얘기에 흥미가 돋았는지, 민우가 슬쩍 고개를 돌렸다.

아니, 돌리려고 했다.

"고개 돌리지 마라. 그냥 각 잡고 있어."

아무래도 지훈은 범죄 전과가 있는지라 괜히 스포트라이트 받을 일은 하고 싶지 않았다.

물론 연예 기획사 사장이 언더 다크 측 사람인지라, 아예 대놓고 언더 다크 인력을 붙이는 쪽도 있긴 했지만… 그래도 일단 조심하는 게 좋을 것 같았다.

– 포탈이 활성화 됩니다. 잠시 진동 및 이명이 있을 수 있으니 당황하지 마시고 기다려 주십시오.

'시작인가.'

지훈은 살짝 눈을 감고 숨을 멈췄다.

드드드드드…. 위이이이 – 잉!

마치 지진이라도 난 것 마냥 주변이 작게 떨리더니, 이내 작은 이명이 지나갔다. 포탈이 열리는 소리였다.

'곧 도착하겠군.'

기자들도 자세를 잡고 플래시 세례를 터트릴 준비를 했다.

민우는 자기가 좋아하는 연예인을 본다는 마음에 가슴이 설렜고, 지훈은 별 일 없으면 좋겠다는 생각을 했으며, 칼 콘은… 그냥 빨리 끝내고 밥이나 먹고 싶었다.

— 모든 이용객께서 포탈을 건너셨습니다. 서울 개척지를 방문해 주셔서 감사드리며, 즐거운 시간되시길 바랍니다.

그 말과 함께 포탈룸 문이 열리며 많은 사람들이 쏟아져 나왔다. 신데렐라 퍼퓸 역시 그 무리에 끼어 있었다.

촤자자자작!

마치 섬광탄이라도 깐 듯, 여기저기도 카메라 플래쉬가 잔뜩 터져 나왔다.

눈도 뜨지 못할 짙은 빛의 세례였으나 신데렐라 퍼퓸은 눈 한번 깜빡하지 않았다.

— 게이트 쪽으로 붙어. 호위한다.

디펜스 라인이 없음에도 신데렐라 퍼퓸에게 달려드는 사람은 단 한 명도 없었다.

특종 기다리며 기자들이 침 질질 흘리고 있는 상황에서, 좋아하는 연예인 손 한 번 잡겠다고 달려간다?

기자들이 얼씨구나 특종이다 싶어 당장 포털 사이트 대문에 올라갈 건 분명했고, 잘 하면 뉴스에도 나올 수 있었다.

한 순간에 범죄계의 스타가 될 수 있는 상황이니 섣불리 행동하는 사람은 아무도 없을 수밖에 없었다.

"반갑습니다. 여러분의 경호를 맡게 된 KS 캅스의 김지훈입니다. 여러분의 경호를 맡게 되었습니다."

신데렐라 퍼퓸의 리더, 호진이 맑게 웃으며 고개만 숙였다.

"가시죠. 숙소로 모시겠습니다."

지훈이 이후 신데렐라 퍼퓸을 안내했고, 양 옆으로 칼콘과 민우가 따라붙었다.

얼굴로 따가운 플래쉬 마사지 받으며 터미널 밖으로 나가 바로 밴이 승차했다.

아무래도 아이돌인 까닭에 승합차에는 칼콘이, 벤츠에는 지훈과 민우가 탑승했다.

아니 탑승할 예정이었다.

"벤츠? 좀 사나 봐요? 우리 저거 탈래요."

신데렐라 퍼퓸의 둘째, 아리가 벤츠를 보고 칭얼거렸다.

살짝 얼굴이 찌푸려졌으나, 3일간 일당 1000 받고 애 돌본다는 심정으로 참았다.

"안전상 벤츠보다는 승합차가 더 안전합니다."

일반 주행용인 벤츠와 달리, 승합차는 썬팅은 물론 방탄유리에 강화 장갑까지 달린 차량이었다.

"그냥 저거 타면 안 될까요? 기자님들 계시잖아요."

호진이 생글생글 웃는 얼굴로 물었다.

기자들 잔뜩 있는데서 괜히 시간 끌고 싶지 않았기에, 그냥 못 이기는 척 넘어가기로 했다.

"그러시죠. 칼콘, 민우. 승합차 몰고 뒤에서 따라와."

민우는 신데렐라 퍼퓸과 같은 차에 타고 싶었는지 울상을 지었다.

여태껏 운전면허 없는 게 불편하다고 생각한 적 단 한 본적 없었거늘, 지금은 마음이 두 쪽으로 갈라질 정도로 슬픈 민우였다.

결국 지훈은 신데렐라 퍼퓸을 태운 벤츠에, 칼콘은 민우를 태운 승합차에 올라 엑셀을 밟았다.

– 부르르르르.

권능의 반지

62화. 매너가 사람을 만든다

NEO MODERN FANTASY STORY

대충 터미널을 지나 대로에 오르자, 싱글벙글 웃던 신데렐
라 일행의 표정이 유리창 올라감과 동시에 차갑게 굳었다.

"아, 짜증나. 어디만 가면 자꾸 카메라 들이대네."

"언니가 참아, 우리가 좋다는데 어쩌겠어."

"기자 새끼들이 우리를 좋아해? 웃기네. 난 걔네만 보면 카
메라로 패고 싶어."

어느 정도 방송용 모습과 평소 모습의 차이가 있을 거라 예
상했지만, 그걸 실제로 보니 또 달랐다.

'겉과 속이 완전히 다르다.'

속으로만 씹으며 운전을 하고 있자니 호진이 말했다.

"야, 경호."

지훈을 부르는 것이었다.

부르는 투, 표정, 행동 다 마음에 들지 않았지만, 일단 한 번은 참기로 했다.

성국이야 어차피 수틀리면 거래 안 하면 됐기에 줘 팰 수 있었지만, 현재 신데렐라 퍼퓸은 지훈의 거래 상대였다.

될 수 있으면 좋은 관계를 유지해야했다.

"예."

"너 거만하더라. 고용인이 말대답이나 하고 우리가 타고 싶다면 타는 거지 네가 뭔데 이래라저래라야?"

대답하지 않고, 두 번 참았다.

지훈은 인내심에 한계가 다다르는 걸 느꼈다.

될 수 있으면 여자는 건들고 싶지 않았으나, 그것도 일반인 기준이다. 나발이고 사람 덜 된 인간은 예외였다.

'얘네 건들면 석중 할배 손에서 커버 가능할까?'

당연히 안 된다.

석중은 음지 쪽 수완가지, 양지에서 활동할 수 있는 사업가 가 아니었다. 그렇기에 소개도 에둘러 해줬고, 아무런 확답도 하지 않았다.

'여기서 화내면 돈이 날아간다. 조금만 더 참자.'

하는 일이라곤 경호가 다인 쉬운 일이었다. 콘서트나 기타 스케줄이 있을 때는 그저 경계만 하면 됐다.

속으로 참을 인자를 새기고 있기도 잠시.

"새끼야, 대답 안 해?"

호진의 폭언에 지훈은 이성의 끈이 끊어지는 것을 느꼈다.

'차라리 사람 찾는 거 하고 말지, 이게 뭐하는 짓거리야.'

돈?

만드라고라때만 해도 일당으로 8000이나 땡겼다.

근데 겨우 일당 1000짜리에 자존심을 굽혀야 할까?

누군가 이런 말을 했다.

최소 임금을 준다는 건, 일도 최소로 하라는 뜻이라고.

능력에 비해 돈을 적게 준다는 건, 그 만큼 개판으로 일 해도 상관없다는 얘기였다.

게다가 지훈이 맡은 일은 요인 경호 혹은 애들 돌보기.

말하는 짐승 새끼랑 같이 있어 주는 일이 아니었다.

아무리 연예인이라도 적당히 사람 된 녀석 인줄 알았는데, 이렇게 막나가는 놈일 줄은 꿈에도 몰랐다.

결국 지훈이 폭발했다.

"사람이 겁이 없으면 오만을 용기로 착각 하는 것 같아. 그렇지?"

"뭐?"

호진이 얼굴을 찌푸렸다.

헌팅이든, 뒷골목이든 똑같았다.

능력 없는 주제 겁까지 없으면, 일찍 죽는다.

"존대 써줘가며 대우해 줄 때 그냥 입 다물고 있어라. 여기가 아직도 지구인줄 아냐?"

CCTV도 없어서 당장 차 돌려서 으슥한 곳으로 가면 누구

하나 죽어도 아무도 관심 없는 우범지대가 나왔다.

그 사실을 알 리 없는 호진은 계속 큰소리를 쳤다.

"하. 너 미쳤냐? 돈 받기 싫어?"

미쳤냐는 물음이 돌아왔다.

항상 하는 입버릇이자, 지훈이 좋아 하는 말이 있었다.

"미친 세상에선 미친 새끼가 정상인이지. 안 그래?"

때 마침 밤이었다. 가까운 인도에 차를 세웠다.

"차는 왜 세워, 지금 해보겠다는 거야?"

더 이상 짐승과 얘기하고 싶지 않았다.

"내려, 쌍년아."

호진은 한동안 목소리를 높이며 실수하는 거라고 말했지만, 쿨하게 무시했다.

"내가 뒤에 누가 있는지 알아? 대형 연예 기획사라고!"

"차 내려서 5분만 걸어봐. 무슨 일이 생길지는 그 잘난 연예 기획사 관계자만 알 수 있을 거다."

반복해서 강조해도 부족하질 않았다.

지금은 밤이고 여기는 세드였다.

누구든 혼자서 밤거리 나돌아 다녔다간 10분 만에 피해자 올림픽 그랜드 슬램을 달성 할 수 있었다.

그 사실을 모르는 호진은 소리를 버럭 지르며 내렸다. 아리와 소휘 역시 살짝 눈치를 보다 따라 내렸다.

'어디 빅엿 한 번 먹어봐라.'

죽게 내버려 둘 생각은 없었다.

아무리 지훈이 막나간다고 할지라도, 사리 분별까지 없는 사람은 아니었다.

단지 저들이 지금 어떤 장소에 있고, 지훈이 그들에게 어떤 보호를 제공하는지를 알려주고 싶었다.

쾅!

문이 닫히는 소리를 음악 삼아 담배에 불을 붙이곤, 그저 사람 덜 된 녀석들이 어떻게 될지 지켜봤다.

❖

차에서 내리자마자 호진은 기묘한 섬뜩함을 느꼈다.

연예인 혹은 굉장히 외모가 뛰어난 사람은 사람들을 자석처럼 끌어당기는 힘이 있었다.

하지만 지금은 달랐다.

모든 사람들이 호진 일행을 쳐다봤다.

아무런 행동을 하지 않고, 심지어 하던 일도 멈췄다.

원래대로라면 다가와서 연예인이냐고 묻거나, 사진을 찍어야 정상이었다.

'뭐 그래봐야 지들이 별 거 하겠어? 나는 각성잔데.'

싸움 한 번 해보지 않았지만, 그래도 썩어도 준치였다.

일반인이 맨손으로 덤빈다면 이길 수 있었다.

물론 맨손이라는 전제 하에.

하지만 현재 호진 일행을 쳐다보는 사람들은 전부 주머니에 손을 넣은 상태였다.

'핸드폰이라도 꺼내려고 하나?'

안타깝게도 세드에선 핸드폰을 잘 갖고 다니지 않는다.

그럼 주머니 안에는 뭐가 있을까.

산타마냥 선물이라도 들고 다니지는 않을 게 분명했다.

"저 사람 짜증나. 그냥 택시 타고 가자."

"언니, 왜 그렇게 서있어?"

나중에 나온지라 시선을 느끼지 못한 아리가 물었다.

"별 거 아냐. 그래, 우리 택시타고 가자."

호진은 애써 시선을 무시하곤, 택시가 지나가길 기다렸다.

도중에 벤츠 안에서 주시하는 지훈과 눈을 마주쳤기에, 가볍게 가운데 손가락을 들어줬다.

'겨우 경호원 주제에 날 무시해? 주제도 모르는 놈!'

몇 분이나 기다렸을까.

택시는 지나가지 않았다.

대신 뒤에서 지켜보던 사람들이 조심스럽게 다가왔다.

"이보쇼."

"아, 네?"

소휘가 깜짝 놀라서 대답했지만, 말 건 남자는 아무 말 없이 위아래로만 훑었다.

먹잇감을 보는 시선이었으나, 안전한 곳에서만 살던 입장에선 전혀 알 수 없었다.

"아, 예. 맞아요. 신데렐라 퍼퓸이에요. 사진해 드릴까요?"

소휘가 묻지도 않은 걸 대답해 주며 영업용 미소을 지었다.

"연예인. 연예인이라고?"

"네. 이번에 새로 데뷔했습니다!"

이번에도 남자는 소휘의 말을 무시하곤 뒤로 외쳤다.

– 이봐, 연예인이라는데?

뒤에 앉아서 담배를 피던 사람들이 술렁거리더니, 우르르 차도 쪽으로 몰려왔다.

'여, 연예인 처음 보나?

한 여섯 쯤 되는 남자가 소휘에게 바싹 달라붙었다.

아리와 호진은 여전히 택시를 잡으려 하고 있었다.

"네, 전부 사인해 드릴게요. 걱정하지 마세요."

처음으로 말 걸었던 남자가 중저음으로 말했다.

"다들 잘 들어. 내가 찾았으니까, 내가 제일 먼저야."

섬뜩한 말이었으나, 소휘는 상황을 이해하지 못했다.

아직은 단지 뭔가 이상하다는 것만 멀찍이 알 수 있었다.

"펜하고 종이 있으세요?"

싸인 도구 있냐는 말에 남자가 부자연스럽게 끄덕였다.

"아… 그래. 사인을 하려면 그게 필요하지. 아가씨, 내가 연필하고 종이를 저쪽에 두고 왔거든. 같이 가자."

두고 왔다는 장소는 남자들이 있었던 어두운 장소였다.

소휘는 그제야 잘못 됐다는 걸 깨달았다.

"어… 죄, 죄송합니다. 저희가 좀 바빠서… 이제 가봐야…"

"금방이면 돼. 걱정하지 마."

덥썩.

남자의 덥수룩한 손이 소휘의 하얗고 하늘은 손을 잡았다.

단순 힘으로만 따지자면 소휘가 훨씬 강력했으나, 따져야 할 외적인 요인이 하나 더 있었다.

공포였다.

인간의 상상력이 만들어낸 짙은 공포는, 지금 소휘의 머릿속에 5분 후 일어날 끔찍한 일을 재생시키고 있었다.

짙은 공포 속에서 제대로 저항할 수 있을 리 없었다.

"당장 따라와. 진짜 금방이면 돼."

남자가 소휘를 끌었고, 비명이 튀었다.

그 소리에 호진과 아리가 고개를 돌렸으나, 이미 상황은 틀어진 상태였다.

"너희도 따라와!"

남자들이 호진과 아리에게도 달려들었다.

호진은 용기 있게 남자들을 떼어냈으나…

철컥.

남자 중 하나가 권총을 꺼내자 얼굴이 하얗게 탈색됐다.

"죽기 싫으면 따라와."

⊕

그 시각.

승합차 안에서 신데렐라 퍼퓸이 엿을 집어 먹고 있는 상황

을 실시간으로 보고 있던 칼콘이 조심스럽게 블루투스 이어
폰에 속삭였다.

– 지훈, 저거 어떡해?

– 그냥 둬. 내가 알아서 할게.

민우는 속이 타는지 손톱만 잘근잘근 씹었다.

❖

"당신들 정말 이러고도 무사할 것 같아?"

호진은 질질 끌려가면서도 버럭 소리를 질렀다.

남자는 코웃음을 쳤다.

"관심 없어."

"후환이 두렵지 않아?"

"그럼 일 끝내고 죽이면 되지?"

남자는 죽기 싫으면 입 다물라는 말을 꺼냈다.

호진은 정신이 아득해졌다.

연예계 데뷔 후 이런 식으로 말 몇 마디만 하면 전부 알아
서 기던 사람들만 만나왔던 까닭이었다.

하지만 세드에 들어오자마자 연달아 이런 경험을 하니, 꼭
늪에 빠져 허우적대고 있는 기분이었다.

여자 셋의 비명이 울려 퍼지는 가운데, 벤츠 문이 열리며
남자가 내렸다. 지훈이었다.

제 3자의 등장에 남자들의 시선이 지훈에게로 향했다.

"너는 또 뭐하는 새끼야?"

호진 일행의 눈이 희망으로 반짝였다.

그들도 지훈이 헌팅을 나가는 강력한 각성자라는 사실을 알고 있었기 때문이었다.

"야, 경호. 빨리 우리 도와줘. 그러면 아까 있었던 일 없었던 걸로 해줄게!"

슬슬 도와줄까 싶었거늘, 말 한마디 한마디에서 정나미가 뚝뚝 떨어졌다.

'쯧, 사람 아직 덜 됐네.'

경호원이라는 말에 남자들이 바싹 긴장했다.

"꺼져. 이거 우리 거야."

호진 일행의 눈이 희망으로 부풀었다.

"누가 뭐래? 나는 그냥 재밌어 보여서 구경 온 거야."

손목을 원 모양으로 그리며, 하던 거 마저 하라는 제스처를 취했다. 그럼에도 남자들은 일단 멈춰 섰다.

적으로 돌변할지 모르는 위험 요소를 신경 쓰는 듯 싶었다.

그러거나 말거나, 호진은 일단 소리부터 질렀다.

"개새끼야! 너 돈 받았잖아. 빨리 우리 경호하라고!"

"내가 개새끼라 그런가, 사람 말이 잘 안 들리네."

지훈은 귀를 후볐다.

"아아아악!"

호진은 제 뜻대로 일이 풀리지 않자 분이 차올랐는지 고함을 질렀다. 그 모습을 지켜보며 입가를 비틀었다.

"이봐, 이렇게 위험한 장소에 살다보면 말이야. 굉장히 뒤틀린 선구안을 하나 갖게 돼. 그게 뭔지 알아?"

바로 사람들 속에 섞여있는 괴물을 찾는 눈이었다.

지훈은 본인이 괴물이 됐던 사람이었던지라, 그 선구안이 더더욱 뛰어났다. 머지않아 괴물이 될 사람까지 볼 수 있을 정도였다.

"그리고 내 계약사항은 사람 지키라는 내용이었지, 말하는 짐승새끼 지켜주는 내용이 아니었어."

"헛소리 그만하고, 제발!"

"어떤 영화에서도 그러잖아. 매너가 사람을 만든다고. 너는 사람 되기 전에 매너부터 배워라. 이번 기회에 그 잘난 돈 주고도 못할 경험 한 번 해봐. 그럼 매너가 마음속으로부터 샘솟을 거다."

아리와 소휘가 울음을 터트렸다.

"어떻게, 어떻게 하면 구해줄 거야?"

"나이도 어린 게 어디서 반말 찍찍 내뱉고 있냐. 존대부터 해 봐."

"구, 구해주세요… 제발…."

결국 호진이 이를 꽉 깨문 채 존댓말을 뱉어냈다.

'그럼 서비스 한 번 해줄까.'

이미 화를 내서 경호대상과 틀어진 사이였다.

지금 구해준다고 해도 돈도 못 받고 잘릴 게 분명했다.

그래도 본인이 이런 상황으로 몰아넣고는 끔찍한 일 당하게 그냥 내버려 두고 갈 수는 없는 노릇이었다.

돈을 못 받는다는 얘기를 꺼내면 칼콘과 민우가 시무룩할 터였지만 뭐 어쩌랴.

'발에 땀나게 뛰면서 다른 일거리 찾아봐야겠네.'

속으로 한숨을 내쉬며 강도 쪽으로 다가갔다.

"다, 다가오지 마 이 새끼야! 총 안 보여?"

남자가 지훈에게 총을 겨누며 외쳤다.

'수제 제작 총기인가. 총알은 9mm 권총탄이겠군.'

9mm 권총탄이라면 맞아줘도 전혀 상관없었다.

이미 저항 등급이 D이상으로 높아진 지훈이었다.

웬만한 몬스터 뺨칠 만한 저항인데, 감히 권총으로 뭘 어쩔 수 있을 리 없다.

"쏴 봐 새끼야. 근데 총 쏠 거면 죽을 각오하고 쏴. 알간?"

진심어린 충고였거늘, 남자는 그대로 방아쇠를 당겼다.

탕!

어두운 거리가 잠깐 반짝였다. 그리고…

팅!

총알이 지훈의 손을 뚫지 못하고 튕겨나갔다.

"허, 헐?"

지켜보던 일동의 입이 동시에 쩍 벌어졌다.

"내가 얘기했잖아. 죽을 각오 하고 쏘라고."

권능의 반지

63화. 가끔은 가벼운 악행도 필요하다

NEO MODERN FANTASY STORY

총알이 튕겨나가자 남자들이 사색이 됐다.

"썅. 각성자?"

상식상 사람이 총을 맞으면 죽어야 정상이다. 하지만 그런 상식을 짓밟는 존재를 마주했으니, 당황할 수밖에.

탕, 탕, 탕, 타—탕!

남자는 계속해서 사격했으나, 단 한 발도 지훈의 몸을 뚫지 못했다. 단지 방탄 능력 없는 정장에만 구멍이 숭숭 뚫렸을 뿐이었다.

그걸 증명하기라도 하듯 가볍게 몸을 털자 몸 여기저기서 납탄이 떨어졌다.

후두두둑.

– 지훈, 쟤네 위험해 보이네. 도와줄까?

연달아 울리는 총소리에 칼콘이 걱정스럽게 물었지만, 거절했다. 어차피 상대는 피라미지 않던가?

"다 쐈냐?"

약실에 있던 것 까지 모두 쏴버렸는지, 강도는 허둥지둥 재장전을 했다.

얼마나 당황했는지 탄창을 바닥에 흘려서 다시 줍기까지 했지만, 지훈은 여유롭게 기다렸다.

평소라면 재장전은커녕, 말하는 사이에도 공격하겠지만 어차피 압도적인 전력차이였다. 지려야 질 수가 없다.

'저항 능력이 어디까지 버티는지 알아봐야 한다.'

이참에 D등급 저항으로 어떤 부위를 얼마만큼 막을 수 있는지 알아보려는 심보였다.

이후 남자의 총이 다시 한 번 불과 납을 뿜었다.

물론 단 한발도 지훈의 몸을 뚫지 못했다.

"자, 이제 죽을 준비 됐냐?"

당연히 됐을 리 없다.

강도들이 놀란 벌레 무리처럼 흩어졌다.

사실 이 개척지에 저런 쓰레기들 따위 널리고 널려서, 잡아 죽여봐야 별 차이도 없었지만, 괘씸죄라는 게 있었다.

총 갈겼는데 그냥 보내줄 생각 따윈 없었다.

품 안에서 삼단봉을 꺼내 폈다.

촤라라락!

'이능 발동, 가속.'

지훈의 몸이 마치 스프링처럼 뛰었다.

맹수 같은 빠른 속도!

그에 허겁지겁 도망가던 남자들이 기겁했으나, 이미 도망치기엔 늦었다.

제일 먼저 총을 갈겼던 녀석에게 다가갔다.

"사, 사람 살려! 여기 각성자가 민간인 사냥한다!"

"그러니까 총 쏠 때는 조심해서 쐈어야지."

순식간에 가까워진 목소리에 남자가 고개를 돌렸다.

믿을 수 없는 속도에 뒤를 돌아보는 그의 눈이 마치 곧 호랑이 아가리에 들어갈 토끼마냥 희번덕거렸다.

"어, 어떻게…."

설명을 원하는 눈치였으나 해 줄 생각은 없었다.

달리고 있는 남자의 다리에 바로 로우킥을 꽂아 넣었다.

왼발을 축으로 삼은 뒤, 달리던 속도 그대로 오른발을 내질렀다.

훅—

뻑!

와작!

뼈 부러지는 소리와 함께 강도의 몸이 무너져 내렸다.

이대로 내버려둬도 충분히 행동 불능이겠지만, 당연히 그 정도로 끝내 줄 생각은 없었다.

공중에 떠있는 녀석의 어깨에 삼단봉을 꽂았다.

두랄루민으로 만든 단단한 쇳덩어리가 사람의 연약한 살과 뼈를 그대로 으깨버렸다. 견갑골이 작살나며 그대로 남자의 팔이 기괴한 방향으로 비틀어졌다.

이후 지훈은 첫 번째 희생자가 채 바닥에 떨어지기도 전에 바로 다음 목표를 향해 달려들었다. 지근거리까지 다가가, 오른 다리를 삼단봉으로 후려 쳐 제압했다.

'이제 넷 남았나.'

남은 넷은 둘씩 흩어져 각기 다른 방향으로 향했다.

'좀 제대로 달려볼까.'

예전엔 근력, 민첩, 저항 능력치가 낮아서 근육에 부담이 됐음은 물론, 심장을 생각해 전속력으로 달려본 적은 많지 않았다.

숨을 크게 들이켜 폐에 공기를 주입한 뒤⋯

파앙!

땅을 박차며 총알처럼 튀어나갔다.

달려가는 자리마다 보도블록이 튀었다!

귀신같은 속도 그대로 나머지 둘을 처리한 뒤 골목길로 도망간 녀석들에게 향했다.

'쫓아가기엔 멀다.'

가속 이능을 해제한 뒤, 바로 글록을 꺼내⋯

탕 – 탕!

남자 둘이 쓰러지는 걸 보고는 가볍게 블루투스 이어폰에 속삭였다.

– 쓰러진 놈들 끌고 와.

✥

"이 나쁜 새끼들, 개만도 못한 새끼! 죽어!"

소휘가 눈물에 화장 범벅된 얼굴로 남자들을 후려 팼다.

제 아무리 운동 안한 여자라도 각성자다.

격투기 선수급 주먹에 남자들이 고통을 토해냈다.

"사, 살려주세요… 제발…."

반면 호진은 마음이 무거운 듯 민우에게 얻은 담배를 뻑뻑 피우고 있었다.

한 동안 샌드백 때리는 소리가 울리고 있자니 소휘가 광기 서린 눈빛으로 이쪽을 쳐다봤다.

"아저씨… 얘네 죽여줘."

반말 둘째 치고 아저씨라니, 어이가 없었다.

아무리 살아온 삶이 삶인지라 노안이긴 했지만, 그래도 20 대 후반인 지훈이었다.

"아직 정신 못 차렸냐? 존댓말 어디 갔어."

소휘가 머뭇거리다가 이내 다시 한 번 부탁했다.

"얘네 죽여줘요."

당연히 들어줄 생각은 없었다.

"싫어. 내가 왜?"

"왜라뇨? 저희한테 못된 짓 하려고 했잖아요! 그리고 아저

씨는 저희 경호원이구요!"

웃음이 나왔다.

반말 찍찍 싸며 경호견 취급 할 때는 언제고, 이제 와서 경호원이니 사람 죽여 달랜다.

"이봐, 연예인 한다고 주제도 모르고 나대는 꼬맹아. 귀에 박은 좆 빼고 잘 들어."

이미 경호 계약 따위는 호진이 얼척 없는 짓거리 했을 때 이쪽에서 일방적으로 파기했다.

"너희가 우리 그딴 식으로 취급했을 때 계약은 날아갔어. 알간? 그러니 뒤지게 두려던 걸 살려준 거 고맙다는 말 먼저 해야 하는 거 아닌가?"

물론 이 쪽이 일방적으로 위험에 몰아넣은 거지만, 소휘는 지훈의 기세에 눌려 말을 버벅거렸다.

이미 계약 파기된 상황에서 혓바닥 잘못 놀리면 끔찍한 일을 당할 수도 있음을 알기 때문이었다.

"죄, 죄송합니다… 고맙습니다…."

소휘가 고개를 푹 숙이고 눈물을 떨어뜨렸다.

반성인지, 수치인지, 공포인지는 몰랐다.

관심도 없었고.

"죽이고 싶냐? 그럼 남의 손 빌리지 말고 알아서 죽여."

피가 군데군데 묻은 삼단봉을 바닥에 던졌다.

텅. 데구르르….

"제, 제가요?"

"죽이고 싶다며. 직접 하라고. 네가 뭔데 나한테 이래라 저래라야?"

들었던 말을 그대로 돌려줬다.

소휘가 덜덜 떨리는 손으로 삼단봉을 들었다.

남자들이 공포에 떨린 눈으로 소휘를 올려다봤다.

"사, 살려줘… 죽고 싶지 않아요…."

방금 전 소휘를 죽이려고 했던 남자가 이제는 소휘에게 살려달라는 말을 내뱉고 있었다.

불쾌한 아이러니에 가슴 속에 불쾌한 감정이 들끓었다.

"죽여. 널 욕보인 뒤 죽이려고 했던 녀석들이다."

어차피 못 죽일 거 알고 재촉하는 거였다.

밝디 밝은 양지에서만 살아온 여자였다. 음지 따위 단 한 번도 밟아보지 않았겠지.

소휘의 눈과 손이 부르르 떨렸다. 결국 머잖아 그녀가 삼단봉을 내려놨다.

"저희한테 왜 그러세요… 저희가 뭘 잘못 했어요…."

구석에 앉아있던 아리가 히끅거리며 올려다봤다.

"몰라서 묻는 거면 그냥 가고."

되도 않는 알량한 지위와, 고용 계약을 했다는 이유, 돈 몇 푼 쥐고서 사람을 개 취급을 했다.

사실 그냥 넘어갈 수도 있는 부분이었다.

기분 나빴어도, 아 인성이 쓰레기구나 하고 그냥 얌전하게 계약 해지만 했어도 됐다. 하지만 그러기 싫었다.

수 없이 많은 의뢰를 해오며, 온갖 꼴 다 봤던 지훈이었다.

석중 포함 많은 사람들이 '미친 사냥개' 취급을 했다.

빌어먹을 갑과 을의 관계에서, 항상 을에서만 있었다.

까닭에 항상 아무것도 아닌 걸로 '갑'의 횡포를 휘두르는 걸 꼴도 보기 싫었다.

"잘 들어. 갑과 을이라는 건 손바닥 같은 거야. 너희가 우릴 고용했을 때는 갑이었지만, 계약이 해지되는 순간 그게 뒤집혀."

실제로 갑이었던 신데렐라 퍼퓸은 지금 뒷골목에 처박혔으며, 을이었던 지훈 일행은 그들을 구해줬다.

물론 인위적으로 상황을 조정했긴 하지만, 이렇듯 갑과 을이라는 건 너무나도 손쉽게 뒤집힐 수 있다는 걸 얘기하고 싶은 지훈이었다.

"사람이 말이야, 괴물이 되는 게 진짜 순식간이야. 너희는 내가 괴물로 보이겠지. 하지만 말야… 내가 봤을 때 너희 매니저 포함 대부분의 관계자는 너희를 괴물로 볼 거다."

아리와 눈을 맞추고 하고 싶은 말을 또박또박 전해줬다.

다음으론 담배를 피고 있는 호진에게 다가갔다.

"나는 왜, 왜요!"

겁을 잔뜩 집어먹었는지 호진의 입에서 부자연스러운 존댓말이 튀어나왔다.

말없이 조용히 쳐다보다, 피고 있던 담배를 뺏어 한 모금 빨았다.

"똑바로 살아라, 쌍년아. 이중생활 하는 것 까지는 내가 뭐라고 안 하겠는데, 사람 무시하지 말라고. 알겠어?"

호진이 수치스러운 듯 얼굴을 붉혔다.

'이 년은 그 사단이 나고도 똑같네. 쯧.'

그냥 가려고 했거늘, 마음에 들지 않았다. 까닭에 호진의 손을 잡고는 그 위에 침을 뱉어 담배를 비벼 껐다.

"선물이다."

평소였다면 입 속이나 눈에 비볐겠지만, 여자라 참았다.

이후 셋을 나란히 다시 벤츠에 태웠다.

처음에는 저항하는 듯 했지만, 이내 얌전히 따라왔다.

- 지훈, 얘네 어떡해. 그냥 내버려 둬?

벤츠에 앉아 손수건과 물 챙겨주고 있자니 칼콘이 물었다.

죽이라고 대답하자, 멀리서 총소리가 몇 번 울렸다.

✦

예정됐던 숙소에 데려다 주니, 당연히 난리가 났다.

그나마 콘서트 전 가벼운 파티를 위해 매니저, 스타일리스트, 코디네이터 및 박성국만 있어서 다행이었다.

박성국은 입에서 심장을 뿜어낼 듯 놀라고는, 신데렐라 퍼퓸을 데려가 괜찮냐고 물었다.

딱히 협박이나 강요를 하진 않았기에 실제 있었던 일을 과장하거나, 거짓말을 할 수도 있었으나 신경 쓰지 않았다.

숙소 밖에서 셋이서 나란히 담배를 폈다.

사단이 난 터라 딱히 할 말도 없었기에 셋 사이에 담배 연기만 흘렀다.

2개비 정도 피우나, 멀리서 호진이 다가왔다.

"한 대만 줘봐…요."

존댓말이 익숙하지 않은지 살짝 버벅이는 모습이었다.

어차피 해줄 일 다 해줬고, 1시간이면 남 될 사람이었기에 순순히 담배를 건네주고 불까지 붙여줬다.

넷으로 불어난 까닭에 담배 연기가 조금 더 짙어졌다.

한동안 니코틴 낀 침묵 속에 서있으니 호진이 말했다.

"…고마워요."

개미 기어가듯 작은 목소리였다.

"뭐?"

"고맙다고요!"

"됐어. 어차피 이쪽도 잘한 거 없다."

지훈이 감사를 받지 않았다.

"맞아요. 근데 그 쪽도 잘못한 거 있는 거 알죠? 어떻게 여자를 길 한복판에 버려…."

살짝 양보하니 속사포마냥 말을 쏟아내는 호진이었다.

적당히 들어주다 잘라버렸다.

"야."

"왜요!"

"꺼져."

호진은 뭐라 중얼거리며 다시 숙소 안으로 들어갔다.

"야, 이 미친 새끼들아! 일을 이따구로 처리하면 어떡해! 너네 다 철창 가고 싶어!?"

박성국이 버럭 소리를 질렀다.

아니 지금 사람한테 똥 집어던지며 '이거 사람이니까 잘 대해주세요~' 한 사람이 어따 대고 화를 낸다는 말인가?

들어주지 못할 개소리에 성국의 목을 부여잡았다.

"꺽! 뭐 하는 거야!"

비명을 지르려는 찰나, 녀석의 입에 글록을 집어넣었다.

"으걱, 걱!"

"그게 지금 똥 던진 새끼가 할 말이냐?"

어차피 석중 할배가 '직접적으로' 소개시켜 준 일도 아니었다. 게다가 성국역시 범죄를 저질렀기에 신고도 되지 않는 상황이었다.

그 말은 곧 이쪽도 음지쪽 행동 방식을 그대로 적용해도 된다는 얘기였다.

"우리가 맡은 일은 경호였지, 쌍년들 똥 닦아주는 게 아니었어."

"어거걱… 꺽…."

"이딴 개 같은 일 시켰으면 죄송합니다, 해도 모자랄 판에 어디서 언성을 높여?"

"지, 지저해… 애기 흐자고 애기."

입에 넣었던 총을 빼자, 성국이 입이 아팠는지 꿈틀거렸다.

"석중 할배한테 내가 다 얘기할 거야… 새끼들아…."

얘기하고 싶은 마음이 생겼댔어 좀 제대로 된 말을 하려나 싶었거늘, 이번에도 똥을 뱉어냈다.

고민할 거 없이 한 방 먹여줬다.

탕!

"아아아악!"

성국의 허벅지에 총알이 틀어박혔다. 아무리 비살상용 고무탄이라지만, 맞으면 최소 피멍 드는 물건이었다.

"해 봐, 새끼야."

이후에도 성국이 개소리를 내뱉었기에, 총알 몇 발 더 박아줬다.

"이봐, 이건 그 쪽이 계약 설명을 제대로 안 해서 일어난 일이잖아. 그렇지? 그러니까 배상금을 받아야겠어."

"배, 배상금이라니. 그게 무슨 소리야!"

계약서대로라면 지훈 입장에 배상금을 물어야 했지만, 어차피 성국이 그거 들먹이는 순간 자기도 법에 쫓겼다.

"원래 일당 1000만에, 배상금으로 1000더 얹어서 내놔."

"내, 내가 그런 돈이 어디 있어!"

성국은 말을 돌렸지만, 그대로 보내 줄 생각은 없었다.

"여기 있네."

칼콘이 들고 있는 까트 가방을 흔들었다.

"아, 안 돼! 그거 우리 애들 줘야한단 말이야!"

"어차피 삥땅친 돈 많잖아. 한 번 더 사."

성국은 안 된다고 고함쳤지만, 무시하고 이탈했다.

– 정당방위를 넘어선 보복입니다. 이블 포인트가 1점 올랐습니다.

오래간만에 이블 포인트가 올랐지만, 기분 나쁘진 않았다.

'어차피 1포인트 따위. 여유 포인트는 많아. 차라리 이블 포인트 걱정해가며 목줄 찬 개 마냥 사는 게 더 싫다.'

끝이 불미스럽긴 했지만, 어쨌든 이번 임무도 끝이 났다.

항상 좋은 일거리만 있지는 않은 법이었기에 똥 밟았거니 하고 마는 지훈이었다.

[정산]
획득.
까트 가방 (약 7000만 원)

[결과]
[지훈]
2300만 원 획득.
– 능력 : 이블 포인트 1 증가.

[칼콘]

2300만 원 획득.

[민우]
2300만 원 획득.

권능의 반지

64화. 배고프다, 밥 먹으러 가자

NEO MODERN FANTASY STORY

이후 신데렐라 퍼퓸은 악조건 속에서도 콘서트를 끝냈다.

혹여 방송이나 인터뷰에서 이상한 말을 할까 싶기도 했지만, 어차피 저쪽도 감정 노동자였다.

매스컴에서 사적인 일 꺼내며 눈물바다 만들어 봐야 좋을 것 없을 거라는 건 신데렐라 퍼퓸이 더 잘 알았다.

덤으로 이쪽에서 성국의 불법 및 까트 유통을 알고 있었으니 그냥 좋은 게 좋은 거다 하고 넘어 간 것도 있으리라.

성국에게 강탈해 온 까트는 시체 구덩이를 통해 정산했다.

원래 하려던 일이 틀어졌기에, 민우나 칼콘에게서 불만이 나올까 하는 우려도 있었지만 다행히 둘 다 조용했다.

"너 신데렐라 퍼퓸 좋아한다며. 아쉽지 않아?"

"형님. 원래 걸그룹 덕질에는 끝이 없습니다. 이미 다른 애들로 갈아탔어요."

웃는 모습을 보니 신경 쓰지 않는 것 같아 다행이었다.

"나는 재밌었어. 돈도 받고, 경호원 흉내도 내고."

그 증거로 칼콘은 유니폼으로 받은 정장을 입고 있었다.

정장을 입을 기회가 없었던지라, 이번 기회에 얻은 정장이 퍽 마음에 드는 모양이었다.

그 모습이 경호원이라기 보단 어깨 내지는 저승사자 같은 느낌이 났지만 딱히 말을 하진 않았다.

'그래도 흰 스키니 진보다는 훨씬 낫지 뭐.'

잠시 이번 일에 대해서 이런저런 잡담을 나눴다.

"와 근데 형님 장난 없네요. 여자라고 봐줄 줄 알았는데."

"무슨 소리야. 그게 봐준 건데?"

남자가 그딴 짓 했으면 지금쯤 요단강에서 저승사자랑 하이파이브 하고 있었다.

"에이, 그게요?"

"개구리 올챙잇적 모른다고, 너 이 새끼 암시장에서 있었던 일은 하나도 생각 안 나지?"

묻지도 따지지도 않고 머리부터 찍은 뒤, 으슥한 곳으로 끌고 가서 머리에 총부터 들이댔다.

나쁜 과거가 떠올랐는지 민우가 새하얀 웃음을 흘렸다.

"하하하… 과거를 딛고 미래로 가야죠. 동료 아닙니까."

동료라는 말에 칼콘이 민우의 등을 팡팡 때렸다. 있는 힘껏 때렸는지 사람 등에서 풍선 터지는 소리가 났다.

"오줌 지렸던 게 옛날 같은데 어떻게 일이 이렇게 되네."

"아, 칼콘. 지금 그 얘기가 왜 나와요."

거친 스킨쉽을 하며 옛날 일을 꺼낸다는 건 동료로 인식한다는 뜻이었지만, 민우는 그저 부끄러워하기만 했다.

한동안 낄낄거리며 불쾌한 감정들을 털어내고 있자니 시체 구덩이 부엌 쪽에서 익숙한 얼굴이 걸어 나왔다.

– 어?

익숙한 얼굴, 전직 크라토스 선수가 방긋 웃었다.

그는 주인과 뭐라 대화를 나눈 뒤 지훈 쪽으로 다가왔다.

"잘 지내셨어요?"

살갑게 구는 거 보니 주인이 쓸 대 없는 말을 귀띔해준 게 분명했다.

'저 새끼는 중요한 일은 입 싹 닫으면서, 꼭 이렇게 이상한 데서 입 조잘거리네. 젠장.'

어울리지도 않는 감사 인사 및 귀찮은 감정 교류가 생길 것 같았기에 모르는 척 오리발을 내밀었다.

"누구시더라?"

"판크라테온 체육관에서 봤던 사람이요. 서곽수입니다."

"미안한데 내가 아는 사람 중에는 당신 같은 사람 없어."

어찌 보면 불쾌할 수도 있는 직접적인 축객령이었다.

하지만 저번에 과격한 배려를 한 번 받아봐서인지, 곽수는 픽 웃기만 했다.

"그럼 지금부터 알아 가면 되죠. 제가 술 한 잔 살 테니, 제얘기나 들어 주시겠습니까?"

"아니 내가 왜 그 쪽 얘기를 들어야 되는데?"

퉁명스럽게 대꾸하고 있자니, 주인이 잭 다니엘을 한 병 가져왔다. 좋은 술에 살짝 기분이 풀릴 뻔 했으나, 술은 술이고비밀 누설은 누설이었다.

– 너 이 새끼. 네 짓이지?

– 무슨 말 하는지 모르겠는데?

때려죽일 듯 쳐다보자, 주인이 미소를 지었다.

'했네, 했어.'

곽수 성의와 주인의 응원 및 잭 다니엘을 봐서 참았다.

물론 그 중 잭 다니엘의 비중이 제일 컸다.

"있잖습니까, 제가 어떤 은인을 만나서 다시 무투 경기를할 수 있게 됐어요. 어떤 분인지 꼭 한 번 만나서 사례를 하고싶었거든요."

곽수는 F등급 5티어가 됐다고 말했다.

처음에는 언더 다크가 연관 된 경기라고 해서 굉장히 추잡하고 위험한 일이라고 생각했는데, 정작 해보니 아니라는 내용이 뒤따랐다.

"물론, 장기 채무자들이랑 몬스터 같이 우겨넣어서 대스매치 때리는 무서운 경기도 있긴 한데… 저는 그런 거 안 하고베스티아(맹수 잡이)하고 있어요."

이번에는 다이어 배져를 잡았다며 자랑까지 했다.

"맞다. 저희 아이 사진입니다. 예쁘죠? 그 은인 덕분에 좋은 음식 먹이고, 좋은 옷 입힐 수 있어서 정말 기뻤습니다."

사진을 슬쩍 훑고는, 다시 잭 다니엘을 한 모금 마셨다.

양주 특유의 높은 도수 때문에 식도가 따끔거렸지만, 그만큼 맛과 향이 뛰어났다.

'아이라… 이 미쳐 날뛰는 세상에서도 애 키우는 사람이 있네. 참 대단하군.'

누군가 이 세상 모든 아버지는 영웅이라는 말을 했었다.

어렸을 적에는 개소리라고 생각했지만, 나이가 적당히 들어보니 딱 맞는 말 같게 느껴졌다.

이후에도 지훈은 술을 홀짝이며 곽수의 말을 들어줬다.

"그냥, 그 은인 분 닮아서 이런저런 얘기 하고 싶었습니다. 들어주셔서 고맙습니다."

곽수는 고개를 꾸벅 숙였다. 그런 그의 쇄골 주변에 맹수의 흔적으로 보이는 상처가 슬쩍 드러났다.

"나야 하는 거 없이 비싼 술만 잔뜩 얻어먹었는데, 고마울 거 뭐있나. 열심히 하쇼."

열심히 하라는 말에 곽수가 흡족한 미소를 지었다.

"야, 슬슬 시간도 늦었으니까 돌아가자."

늦은 술자리를 파하고 각자 집으로 향했다.

다음날.

지훈은 처분하지 않은 F등급 단검 2개를 시체 구덩이로 발송했다. 수신인은 서곽수였다.

시답잖은 의뢰를 불쾌한 방법으로 끝내서 그런지, 딱히 일을 했다는 기분이 들질 않았다. 좋게 쳐줘봐야 하루 일탈한 것 같달까?

결국 평소처럼 체육관을 다녀오거나, 집에서 웨이트를 하거나, 마법 수련하거나 했다.

그 중에 변한 게 하나 있었다면 바로 음식이었다.

지훈 일행은 판크라테온에서 땀 쭉 뺀 뒤 걸어 나왔다.

"민우 살 좀 빠진 것 같다?"

"역시, 지훈 형님. 보는 눈이 있으시네요. 3kg 빠졌지 말입니다?"

이런저런 잡담을 하고 있자니, 문득 배가 고파졌다.

'아…'

마치 이 세상에 혼자가 된 것 같은 공허함이 밀려들었다.

언젠가 고독하게 미식을 즐기는 사람이 이런 말을 했다.

현대인에게 있어 공복은 일상의 연쇄를 끊어주는 자유의 열쇠이다. 사회, 시간에 상관없이 마음껏 먹을 수 있는 기회를 제공하는 최고의 포상이기 때문이다.

평소엔 웃어 넘겼으나, 정신이 아득해질 정도로 허기가 몰려오자, 엄청나게 공감되는 말이었다.

"밥 먹자."

"형님, 지금 4시밖에 안 됐는데요? 12시에 배고프시다고

짜장면 드셨잖아요."

각성에 따른 근밀도 증가 및 재생 변이의 효과로 신진대사가 엄청나게 빨라진 지훈이었다.

수영 선수가 하루에 2만 Kcal를 먹고, 그걸 다 소모하듯 현재 지훈도 거의 만 Kcal 이상 섭취 및 소모하고 있었다.

비슷한 식성을 가진 칼콘 입장에선 전혀 이상하지 않은 현상이었으나, 일반인인 민우는 신기할 따름이었다.

"내가 배가 고픈데 그딴 게 무슨 상관이냐. 가자."

다 필요 없었다. 지금 필요한 건 단지 맛집이었다.

'어디 가지?'

돈이 없던 옛날이야 무조건 가격이 싼 곳을 우대했지만, 지금은 먹는 것 정도는 감당할 수 있었다.

선택지의 폭을 넓혀서 이거저거 넣고 고민했다.

'좋아. 오늘은 두부 음식을 먹자.'

단숨에 메뉴를 정한 뒤 무투사들이 자주 찾는 백반집으로 향했다. 맛, 양 그 어느 하나 빼놓을 수 없는 곳이었다.

"어서와. 배고프지? 뭐 줄까."

사람 좋아 보이는 아주머니가 다가와 물었다.

민우는 대충 먹는 시늉이라도 하기 위해 콩나물 국밥을 시켰고, 칼콘은 쌀 요리를 별로 좋아하지 않았기에 그나마 고기 비스무레한 게 많이 들어간 선지국밥, 지훈은 순두부찌개를 시켰다.

"금방 가져다줄게. 기다려."

기다리는 사이 입 심심하지 말라고 식탁 위에 밑반찬이 올라왔다.

어묵 볶음, 김치, 마늘 쫑, 시금치 무침이었다.

사뭇 많은 사람들이 그렇듯, 지훈 역시 음식이 올라오자마자 바로 손을 움직였다.

'어묵 볶음 먼저 먹어볼까.'

노르스름하고 오돌토돌한 어묵을 하나 집어, 바로 입으로 가져갔다.

'맛있다.'

설탕 대신으로 넣은 물엿 때문인지 달콤한 맛이 나면서도, 어묵 특유의 짠 맛이 잘 살아있었다.

자칫 잘못하면 비린내가 나기 쉬운 음식이었음에도, 어떻게 조리한 건지 전혀 비리지 않았다.

맛이 확인됐기에 기쁜 마음으로 여러 점 동시에 집었다.

우적우적.

씹을 때 마다 물고기 살 마냥 어묵이 사르르 녹아내렸다.

5분 만에 어묵을 다 해치우고는, 김치로 손을 옮겼다.

음식점의 수준은 밑반찬만 보고도 알 수 있다고 했다. 그 중에서도 제일 기본인 김치.

김치 맛이 좋다면 다른 모든 음식을 안심하고 먹어도 됐다.

'어디 한 번 먹어볼까.'

잘 발효돼 붉은 빛을 띠고 있는 줄기를 집었다.

먹기 딱 좋을 정도로 썰려 있었기에, 굳이 자르지 않고 바로 입에 넣었다.

'이것도 좋다.'

잘 익은 배추와 버물어진 고춧가루는 적당한 매운 맛과 함께 깔끔한 뒷맛을 선사했다. 덤으로 해산물을 넣었는지, 김치 중간 중간 굴이 들어있었다.

'크, 음식 오는 걸 기다리지 못하겠어.'

결국 공기밥을 하나 시켜 밑반찬과 함께 한 그릇을 비웠다.

"어휴, 많이 배고팠나봐. 여기 찌개 나왔으니까 맛있게 먹어. 많이 먹어야 운동도 열심히 하지."

부글거리는 뻘건 순두부찌개 위로 파와 순두부가 둥둥 떠 있다. 마음 같아선 당장 입에 넣고 싶었지만, 인내심을 발휘해 일단 숟가락을 넣고 휘휘 저었다.

파와 순두부가 섞이며 아름다운 소용돌이를 만들었다.

기다리길 몇 초.

결국 공복에 이기지 못한 인내심이 바닥을 드러내고, 손이 움직였다.

후, 후~

입으로 가볍게 불어 식힌 뒤, 바로 입에 넣었다.

화염 속성 때문인지 뜨겁게 느껴지지 않고 딱 알맞았다.

혀를 굴려 두부를 입천장에 비볐다.

말캉거리는 두부가 부스러지는 기분 좋은 느낌과 함께, 혀 끝에 묘한 쾌감이 느껴졌다.

이후 밥을 푹 퍼서 추가한 뒤, 오물오물 씹어서 삼켰다.

'하… 끝내준다.'

공복에 음식이 들어가니, 마치 온몸을 옭아매던 쇠사슬이 박살나는 기분이었다.

이내 맛을 음미하는 것도 잊고 재빨리 숟가락을 움직였다.

"이모, 여기 한 그릇 더!"

"응~ 금방 가져다줄게."

"여기 하나 더!"

"오늘 많이 먹는구나~"

"여기 찌개 하나 더!"

"어, 어… 그래."

공기밥은 5개까지 숫자를 새다가 그만뒀고, 찌개는 대충 3번 정도 더 시켰다.

그제야 밥을 먹은 기분이 조금 들었다.

빵빵해진 배를 문지르니 왠지 모를 흡족함이 느껴졌다.

"와… 그게 다 들어가요?"

민우는 먹이 삼키고 소화시키고 있는 아나콘다 보듯 지훈을 쳐다봤다.

'아니 저 인간은 무슨 하루 식사를 한 끼에 몰아서 먹나, 저게 사람 뱃속에 다 들어가?'

웬만큼 음식 좋아하는 민우였지만, 양을 보고 학을 뗐다.

기분 좋게 앉아있으니 칼콘이 말했다.

"지훈, 이제 후식 먹으러 가자."

"커피 어떠냐."

"좋지. 인간들은 뭐한다고 쓰디쓴 똥물을 먹나 했는데, 먹다보니 맛있더라! 가자!"

이후 칼콘과 지훈은 초콜렛 잔뜩 들어간 커피를 제일 큰 사이즈로 2잔이나 시켜먹었다.

'미, 미친놈들.'

민우는 그 모습을 보며 무슨 곰이 겨울잠 자기 전에 음식 몰아먹는 것 같다고 느꼈다.

문제가 있다면…

매일 겨울잠 잘 것처럼 먹는다는 것 정도일까?

– 근력이 상승했습니다. D등급 (22) = 〉 D등급 (23)

권능의 반지

65화. 인연은 항상 예상치 못한 방향으로 엮인다

NEO MODERN FANTASY STORY

위험과는 거리가 먼 일상에 파묻혀 지냈다.

운동, 마법 수련, 사격 등 이미 반쯤은 취미 생활이 된 훈련도 이제는 습관이 됐고, 틈틈이 대인관계도 쌓았다.

그렇게 이주일 정도 흐르자 민우에게 전화가 걸려왔다.

"여보세요?"

"이번에 재밌는 일 있던데, 들어 보셨어요?"

"뭐."

"저희가 구출해 준 연구팀 있잖아요. 신금속 발견했대요."

아마 그가쉬 클랜에서 구출해 온 사람들을 말하는 듯 했다.

"잘 됐네. 근데 그게 뭐?"

개네가 신금속 발견한 건 한 거고, 우리는 우리다. 도대체 무슨 상관이 있단 말인가?

"재밌는 소문이 돌아요. 보니까 금속이 꽤 좋은 건가본데, 정부가 그가쉬 클랜에게 광업권을 따려고 한대요. 듣기로는 지금 거의 딜 끝났다고 해요."

신금속 발견이야 먼 얘기니 관심 없었지만, 광업권이 붙는다면 또 달랐다. 국가 간 거래에는 금 묻은 콩고물이 떨어지기 때문이었다.

자세를 고쳐 잡고 물었다.

"그래서?"

"연구팀이랑 수송팀 보호할 사람 모집하고 있대요. 전쟁 끝났으니 위험할 건 없을 테고… 그냥 명목상으로 붙이는 것 같아요."

분명 가시적인 위험요소가 없으니, 뽑히기만 하면 정말 좋은 조건으로 일을 할 수 있었다.

"근데 제일 대박인건, 담당자가 저번에 그 교수예요."

용병일 했을 때 그 의뢰인을 말하는 듯 싶었다.

"너 뭐 중요한 약속 있나?"

"아뇨."

"일단 시간 비워놔. 내가 나중에 다시 전화한다."

더 들어볼 것도 없이 잡아야 하는 의뢰였다.

저번에 신데렐라 퍼퓸 때 일을 하다 그만뒀기에, 이번에는 제대로 된 일거리를 잡아야 했다.

'칼콘은 어차피 돈 부족하다고 했다. 물어볼 필요 없다.'

TV 주변 서랍을 뒤적여 교수 명함을 찾아냈다. 다시 볼 일 없을 것 같아 방치한 탓인지 먼지를 머금고 있었다.

'인원 차기 전에 최대한 빨리 움직이는 게 좋다.'

뚜르르 ─ 뚜르르 ─

안 받나 싶어 끊으려는 찰나 교수의 목소리 들려왔다.

"여보세요?"

간단한 소개와 안부 인사를 주고받았다.

교수는 굉장히 반가운 내색을 하며, 그렇지 않아도 최근 부탁할 일이 있어서 다시 전화하려던 참이라고 말했다.

"신금속 발견 축하드립니다."

"다 지훈군 덕분이지요. 그렇지 않아도 전화하려던 용건이 그거였는데, 혹시 요즘 바쁘십니까?"

"아뇨."

혹여 일이 있더라도 일 비워가며 시간 만들 생각이었다.

"이번에 연구팀을 보호할 사람을 모집하고 있는데, 혹시 생각이 있으신가 싶어서요."

이쪽에서 꺼내려던 얘기가 튀어나왔다.

굳이 내색할 필요 없었기에 살짝 모르는 척 한 발 뺐다.

"좋은 일거리 같네요. 근데 정부 일은 처음이라 어떻게 해야 할지 잘 모르겠습니다. 절차가 있을 텐데요?"

"에이, 저희 사이에 무슨 절차입니까. 그리고 제가 담당자입니다. 전부 처리해 놓을 테니 걱정 마십시오."

지훈은 속으로 미소를 지었다.

'일이 쉽게 풀리는 군.'

"그럼 연구팀 출발은 언제 쯤 할 지 알고 싶습니다. 준비해 놓을 게 많거든요."

"아마 이주일 후 쯤 일겁니다. 제가 출발 전에 다시 전화 드리겠습니다."

"예, 그럼 저도 준비하며 기다리겠습니다."

뚝.

전화가 끊기자마자 지훈이 픽 웃었다.

'꽁돈 벌게 생겼군.'

이번 일은 호위였기에 타 임무에 비해 비교적 쉬울 게 분명 했다. 게다가 저번처럼 소규모도 아닌 대규모였다.

이후 지훈은 칼콘과 민우에게 전화해, 의뢰 내용을 알려주 고는 각자 준비하라고 일러뒀다.

"민우, 특히 너는 체력 단련 열심히 해라. 이번에 싸움 나 면 강도일 텐데, 그러다 엄폐도 못하고 죽는다."

"걱정 마십쇼, 형님. 제가 요즘 매일 달리고 있습니다."

"그래. 네 목숨이니까 알아서 챙겨."

아마 정부가 호위팀을 크게 만들 것 같으니, 그거 털 미친 놈들은 없겠지만 혹시 또 몰랐다. 괜히 방심하고 있다가 객사 할 수도 있었기에, 적당한 긴장감은 필수였다.

일행은 일주일 후 장비를 구입하기로 하고 해산했다.

대규모 연구팀 호위를 하게 됐다고 하자, 시연이 회의적인 표정을 지었다. 불안한 것처럼 보였다.

"너무 위험한 거 아냐? 요즘 강도 많다던데…."

"자주 나가서 괜찮아. 걱정하지 마."

직업이 헌터라 헌팅 나가는 걸 말릴 순 없었지만, 그래도 위험한 곳으로 자꾸 나간다고 하니 걱정이 앞섰다.

C등급 헌터고 권총탄도 튕겨내는 저항을 갖고 있다지만, 그래도 사람 일이라는 건 모르는 것 아니던가.

결국 시연이 불안을 참지 못하고 말했다.

"나 특허랑 연구 논문 가진 거 있어서 돈 많아. 그냥 안전한 곳에 있으면 안 돼? 내가 너 책임질 수 있어."

진심 섞인 걱정이었다.

실제로 그녀에겐 지훈과 지현 두 명 정돈 감당할 수 있는 능력과 재력이 있었다.

여기서 "알겠어." 라는 말 한 마디면 그대로 사뭇 많은 남성들의 로망인 셔터맨이 돼서 편안하고 안락한 삶을 누릴 수도 있었다.

그렇게 된다면 더 이상 생사를 넘나들며 위험천만한 짓거리 따윈 할 필요도 없을 게 분명했다.

하지만 싫었다.

'지금은 좋다지만, 얘랑 지금 이 상태로 결혼을 할지 안 할

지도 모른다. 게다가….'

언제부턴가 헌팅을 나가는 게 좋아졌다.

개같이 힘들고, 빌어먹게 위험했지만 헌팅 한 번 나가서 남들 연봉을 벌어온다는 사실은 분명 엄청나게 매력적이었다.

게다가 항상 무시 받고 천대 받으며 살아온 반작용인지, 한 번 헌터로서 받아본 선망과 동경을 잊을 수가 없었다.

- 저거 봐, 헌터인가봐. 멋지다.

- 나도 헌터 되고 싶다.

참 웃겼다.

비각성자 일 때는 그렇게 무시했던 헌터이거늘, 되고나니 그 맛이 끝내줘 손을 뗄 수가 없었다.

'이래서 헌터들이 다 또라이 되나.'

픽 웃음이 나왔다.

"어떻게 너한테 얹혀서 사냐. 고추 달고 태어났으면 나랑 내 가족 밥벌이는 직접 해야지. 그리고 누가 누굴 책임져. 네가 날 책임지는 게 아니라, 내가 널 책임지는 거다."

지훈은 그렇게 말하며 시연의 머리를 쓰다듬었다.

그녀는 책임져 준다는 말은 굉장히 기뻤으나, 남자 친구가 사지로 나간다는 건 여전히 못마땅해 했다.

"그래도…."

한 치의 양보도 없는 갑론을박이 계속됐지만, 결국 지훈의 승리로 끝났다.

"나 이만 가볼게. 준비해야 할 거 많아."

등을 돌리려는 찰나, 시연이 옷깃을 붙잡았다.

"다치지 마. 알겠지?"

"이번에는 안전한 일이니까 걱정하지 마."

"응…."

눈망울을 적시는 그녀를 보며, 지훈은 다시 한 번 저 얼굴 보기 위해서라도 꼭 조심 해야겠다고 다짐했다.

지현은 애매모호한 표정을 지었다.

"벌써? 돈 아직 많이 남았잖아. 요즘 헌팅 나가는 주기가 좀 빨라지는 것 같네."

"더 이상 하루 벌어서 하루 먹고 살기 싫다. 그리고 네 약 값이랑 치료비도 은근히 많이 나가고."

지현은 얹혀사는 입장인지라 돈을 벌어온다는 건 좋았지만, 헌팅이 위험했기에 살짝 떨떠름해하는 것 같았다.

"아니… 치료 좀 늦춰도 괜찮아. 약 먹으면 더 이상 심해지지도 않고. 그냥 좀 쉬는 게 어때?"

"마음에도 없는 말 됐다."

지현의 표정이 살짝 풀이 죽었다가 살아났다.

억지로라도 웃는 것 같았다.

"하, 어떻게 내 맘을 그렇게 잘 알아? 바로 돈 벌어오라면 속물 같아 보일까봐 연기 한 번 해봤어."

"그러면 그렇지, 됐다 이 년아."

"저 인간이 어디 가서 뒈질 놈이 아닌데, 내가 괜한 걱정을 왜 해?"

방 안에 한바탕 웃음이 흘렀다.

"어차피 열흘 뒤에 출발이니까, 너무 걱정하진 마라."

"안 해. 밥이나 먹자."

"외식할래?"

"아 나 오빠 헌팅 나가고 나서 너무 좋아진 것 같아."

"사탕발림은 가서 딴 남자한테나 해라, 이 년아."

외식을 하던 도중, 스쳐 지나가듯 지현이 말했다.

"나 돈 없어도 괜찮으니까, 너무 무리는 하지 마. 이제 가족이라곤 둘 밖에 없는데… 잘못되면 어떡해."

역시 동생은 동생인지라, 말은 저렇게 해도 엄청나게 걱정하는 모양이었다.

그 시각, 칼콘은 톨풍과 함께 있었다.

둘은 침대 위에 땀범벅이 된 채 누워있었다.

"나 또 헌팅 나가."

"왜? 아직 돈 남았잖아."

"내가 결정하는 게 아니야."

"꼭 가야돼?"

칼콘은 잠시 고민했다.

사실 지훈 정도의 실력이면 칼콘 하나 정도 빠진다고 해서 큰 애로가 꽃필 것 같진 않았다.

'그래도 실력이랑 추종이랑은 다른 문제 같아.'

"응 가야돼. 그 지훈이 내 목숨 두 번이나 살려줬어."

톨풍 역시 지금은 인간의 땅에 있으나, 어렸을 적엔 오크로서 자란 존재였다.

오크에게 있어 목숨 빚이 얼마나 중요한지 알고 있었다.

"가서 두 번 죽어줘야겠네. 명 짧은 남자는 싫은데."

"나 죽으면 다른 남자 만나면 되잖아?"

"인간은 싫어. 모르겠다~ 어렸을 땐 아빠를 그렇게 싫어했는데, 크니까 이상하게 오크만 찾게 되네."

"그럼 기다려야지 뭐."

작은 한숨이 흘렀다.

"늦게 오면 다른 남자랑 잘 거야."

"마음대로 해."

"뭐야, 화도 안 나?"

"네가 바람피우는 건 내가 능력 없기 때문이잖아. 신경 안 써. 그리고 여기서 오크는 어떻게 찾게? 나랑 자고나서 인간을 만나봐야 만족도 못할 텐데."

톨풍이 입을 꾹 다물었다.

질투를 자극하려고 한 말이거늘, 너무 당당한 태도에 할 말을 잃어버렸기 때문이었다.

그 시각, 민우는.

혼자서 해피 타임을 즐겼다.

작박구리 폴더 속 그녀들과 즐거운 시간도 한 때.

얼마 후 세상만사가 비어있는 듯 한 공허함이 밀려왔다.

"아… 여자 친구를 만들던가 해야지. 이게 뭐하는 건지."

지훈처럼 책임 질 사람도 없고, 칼콘처럼 음식에 신경을 쓰는 타입도 아니었기에 돈을 벌어봐야 쓸 곳이 없었다.

일단 많으면 좋으니 벌긴 했지만… 여태껏 돈 쓴 곳이라곤 인터넷과 방탄복 그리고 체육관비가 다였다.

"나도 여자 친구 만들고 싶다… 아아, 지현씨~"

지현의 모습에 샷건이 오버랩 되어 보이는 이유는 뭘까.

민우가 한숨을 내뱉었다.

❖

셋은 각자 나름대로 유익한 시간을 보낸 뒤 동구에 모였다.

장비 구입을 위해서였다.

"근데 왜 동구로 모이라고 하셨어요? 동구엔 각성자 물품 거래소 없잖아요."

"대신 믿을만한 뒷구멍이 하나 있지."

석중을 말하는 거였다.

C등급 이상이라면 모를까, D등급까진 모조리 구할 수 있는 장소였다. 게다가 C등급도 사는 사람이 없어서 들여놓지 않는 거지, 석중의 수완이라면 충분했다.

"서, 석중 할배 말하는 거 아니죠?"

자기 죽이라고 킬러를 보낸 사람이었기에, 민우는 석중이 꼭 저승사자처럼 느껴졌다.

"정확하네. 맞아."

긍정해주자 민우의 얼굴이 사색이 됐다.

익숙한 뒷골목으로 들어가, 곰팡이 냄새가 나는 계단을 내려갔다. 초행길인 민우에게는 굉장히 위험한 장소로 보였는지, 어깨를 움츠렸다.

"하이고, 개 또라이 새끼. 기깟 계집 년 보호하라 소개시켜 줬드마, 가서 하라는 보호는 아니고 아 병신 만들어 놨다드마. 쓰애끼, 앞으로 낯짝이 있으면 여기 얼굴 비추지 말라."

저번 사건을 제대로 박살난 터라 화가 난 석중이었다.

"힘이 잔뜩 들어갔구만. 요즘엔 발기 좀 되나보오?"

"하하. 오크 부랄 거 효과 없더라. 우리 팔딱팔딱한 각성자 지훈이 부랄 좀 씹어보면 효과 있을지 모르겠는데. 거 이리 와보라. 내 손수 뜯어 준다."

"내 이쪽 일 하면서 여타 상또라이 새끼들 많이 봤는데, 진짜 석중 할배만한 사람은 본 적이 없는 것 같소."

거친 욕설을 주고받으며 지훈과 석중이 비릿하게 웃었다.

권능의 반지

66화. 석중과 민우의 악연

NEO MODERN FANTASY STORY

반면, 민우는 석중이라는 이름에 고개를 푹 숙였다.

"저 대가리에 피도 안 마른 아는 왜 좃 쳐다보고 있니. 가까이 오라. 지훈이 동생이면 와서 인사를 해야지. 쓰애-끼가 버릇이 없디."

"예, 예? 저요?"

"거 이 쓰애끼 너밖에 더 있니?"

지훈은 민우의 어깨를 툭툭 두드리며 말했다.

– 말만 저러는 거니까 그냥 맞춰 줘. 좋은 사람까진 아니어도, 그럭저럭 상대할 만하다.

애써 움직이려는 민우의 머리에 어떤 말이 스쳤다.

– 우리가 석중 할배 먼저 치러 간다.

거꾸로 보면 곧 석중이 중배를 죽인 흑막이라는 얘기였다.

중배 일행이 모두 죽었는데, 혼자만 살아있다는 걸 알면 지금 당장 죽이려고 할지도 모른다는 생각이 들었다.

마치 가면 안 될 곳에 질질 끌려가는 것 같은 기분일까.

"아, 안녕하세요."

"아직 덜 컸나 숫기가 없다. 바지 함 까보라. 고추 없는 거 아이야?"

"그만 하소. 아 잡겠네."

"이름이 뭐니."

이름이라는 말에 민우의 말이 덜컥 막혔다.

불편한 침묵이 계속됐기에 대신 말해줬다.

"민우요. 우민우. 앞으로 자주 보게 될 거요."

"형님, 잠…."

민우가 급히 말렸지만, 이미 물은 쏟아지고 난 후였다.

석중의 표정이 사나워지며 분위기가 싸늘하게 굳었다.

"우… 민우라? 그 쓰애끼 중배 식물잽이 아니니?"

"맞소. 문제 있소?"

"내가 그 패거리 다 죽이라 했디."

민우는 당장이라도 총알이 날아올 것 같은 분위기에 벌벌 떨었다.

"뭔 개소리요. 중배 물건만 가져오라며."

"당장 죽이라. 꼴 뵈기 싫다."

민우가 놀란 닭 같은 표정으로 지훈을 쳐다봤다.

"혀, 형님…."

"그만하소. 지금 얘 내 사람이오. 어차피 이 쪽 피아구분 모호한 거 알면서 왜 그러오?"

"저 새끼 보면 중배가 죽이 삔 지수 생각이 난다."

"씨발. 좀 놔 주소. 아 지금 천국에서 딴 놈이랑 떡 잘 치고 잘 살고 있답디다. 와 자꾸 뒤져삔 년 갖고 그러는 건데? 보니까 그 년 처먹은 개도 전부다 생으로 파묻었다며. 이제 그냥 보내주쇼. 주접도 심하면 병이요."

반쯤 진심을 담은 농에 고함이 돌아왔다.

"닥치라! 뚫린 주둥이라고 막 놀리다 훅 가는 기라!"

"그만하쇼. 늙어서 쪽팔리지도 않소?"

"좋아했단 말이다."

지훈이 푹 한숨을 내뱉었다.

"보소, 할배. 늘그막에 황혼 로맨스 한 건 이해하겠는데… 그건 그거고, 일은 일이잖소. 나도 할배한테 빚 진거 몇 개 있어서 잘 지내고 싶은데. 자꾸 이러면 얼굴 못 본단 말이오. 서로 불편해지지 맙시다."

"됐다. 말마라. 내는 저 놈 보기 싫다."

인생을 패기와 수완으로 살아온 만큼, 석중의 고집도 셋다.

"내 할배 보려고 여기까지 물건 사러 왔소. 솔직히 거래소나 여기나 가격 차이도 얼마 없드마, 내 푼돈 아끼자고 온 줄 아소? 다 옛날 정이 있어서 온 거요."

"진짜니?"

석중의 표정이 살짝 풀어졌다.

"거 이제 다 잊으쇼. 처음엔 우리도 서로 총질하던 사이 아니었소."

옛 생각이 났는지 석중이 픽 웃었다.

"그래. 니도 처음에 내한테 겁도 없이 총부터 들이밀었지."

"근데 지금은 잘 지내니, 이 녀석과도 그럴 수 있을 거요."

석중이 호랑이 같은 눈으로 민우를 쳐다봤다.

방탄유리 건너에 있어 실제로 아무것도 할 수 있는 게 없음에도, 그 패기는 과연 맹수에 비견했다.

"내 노력은 해보지만 장담은 못한디."

"그 정도면 충분하오. 자자, 이제 거래나 합시다."

"그래서 뭐 사러 왔디?"

현재 필요한 물건은 전투 물품이었다.

"일단 우리 물건 좀 살펴보고 결정 합시다."

[점검]

[지훈의 장비]

무기.

여왕의 은혜(C등급), 글록 19(일반), 빈토레즈(일반)

방어구.

방탄 외투 (E등급), 방탄모 (F등급)

습작 954번 (B등급), 전투용 워커

기타.

핸드폰, BOSA 감지기

'뭘 바꿔볼까.'

무기는 충분했다.

600M가 넘는 장거리 교전을 하기에는 부적합했으나, 애초에 전쟁 아닌 이상에서야 그런 상황이 올 리가 없었다.

'중, 단거리는 빈토레즈로 전부 커버 된다.'

그나마 우려되는 부분은 글록과 창이었다.

글록은 파괴력이 약했으나 그나마 마력탄환으로 커버가 가능했지만, 여왕의 은혜 경우는 마법이 문제였다.

'마법 해제를 맞는 순간 무용지물이 된다.'

하지만 마법사 자체가 귀한 상황에 부여사(인챈터, 마법물품 제작자)와 전투 중 마주칠 확률은 아주 희박했다.

'그리고 단순 영창으로 마법을 해제할 정도의 마법사라면… 만난 순간 도망도 못 가고 죽는다고 봐야 옳다.'

굳이 창에 걸린 마법 해제하는 것 보다 사용자를 죽이는 게 더 빨랐기 때문이었다.

다음은 방어구였다.

저번 의뢰 때 휴머노이드와의 전투가 예상됐기에 전부 방탄으로 구비 놨기에 총알 걱정은 없었다.

'나는 딱히 필요한 게 없다. 마력 탄환이나 보충하자.'

"여 마력탄 좀 있소?"

"구경 말해보라. 있는 것도 있고, 없는 것도 있다."

"9x36mm 아음속."

석중의 눈이 가늘어졌다.

"니 들고다니는 총 이상하게 생겼다 했드만, 거 불곰네 거였니? 와 그 탄이 필요해."

"빈토레즈 하나 장만했소."

"쯧. 내가 개척지 국지전 때 걔네 소총수한테 총알 맞았던 기억 난다. 원래 걔네 물건은 기분 나빠서 원래 취급 안한다마는, 이번에 누가 폐품으로 주워온 관통탄 한 박스 있다."

"주쇼."

[구입]

9X36mm 아음속 관통 마력탄 (20발)

총 지출 800만 원.

"아 뭔 총알 20발에 800이나 해. 좀 깎아줘."

"이 총알 얼마나 귀한건지 모르는구나. 이 무거운 탄두에 관통탄이면 장갑차도 뚫는디, 병신아."

"나발이고 한 발에 40만원이 말이 되오? 차라리 대전차탄을 쓰겠네."

"말아라. 안 판디. 가치도 모르는 놈. 쯧!"

흥정을 해봤으나 석중의 태도는 굳건했다. 결국 어쩔 수 없이 발당 40만원 주고 구입했다.

"칼콘 넌 뭐 살 거냐?"

"잠시만, 고민 좀 해볼게."

[칼콘의 장비]

무기.

메이스 (E등급), MP5 (일반, 소음기.)

방어구.

사슬 갑옷 (일반) 방탄모 (F등급)

스파이크 그리브 (일반) 접이식 방패 (파손)

칼콘은 비각성자 인지라 무기보단 방어구에 투자해야했다.

지훈 같은 경우 저항 능력치와 각성을 바탕으로 한 체력으로 어느 정도 버틸 수 있었지만, 칼콘의 경우 각성자들의 무자비한 공격에 맨몸으로 버틸 수 없었다.

실제로 저번에도 고블린에게 무참히 밀려났다.

체중과 신장이 1.5배는 족히 나가는 인간 각성자에게 맞았다간 그대로 3M는 날아갈게 뻔했다.

"있잖아, 지훈. 우리 헌팅 얼마나 자주 갈 거야?"

"그건 왜?"

"자주 나갈 거면 큰맘 먹고 사게."

딱히 어떻게라고 대답해 줄 수 없는 문제였다.

좋은 일만 있다면 얼마든지 나갈 수 있었지만, 문제는 헌팅이라는 게 정보나 사건에 따라 들쑥날쑥 하기 때문이었다.

"적어도 한 달에 한 번은 나갈 거야. 걱정 마."

"이번에도 돈 들어올 테니까 사도되겠지?"

"사. 어차피 나가서 뒤지면 휴지조각이다. 돈 들고 저승 갈 순 없잖아?"

칼콘은 이것저것 둘러보다 결국 방패와 갑옷을 구입했다.

될 수 있으면 C급 이상의 장비를 사고 싶어 하는 눈치였으나, 안타깝게도 음식과 술로 돈을 탕진한 바람에 그럴 수 없었다.

"여있다. 가시 방패랑 비늘 갑옷."

카운터 위로 흉측한 금속 가시가 잔뜩 막힌 방패가 올라왔다. 그 모습이 마치 중세시대 고문도구처럼 생겼다.

반면 갑옷은 물고기마냥 번들번들 거리는 묵색이었다.

"한 번 입어볼게. 잠시만."

칼콘이 갈아입고 나오자, 게임에 나오는 오크 지휘관 같은 모습이 됐다.

특히 방패가 압권이었는데, 접이식 방패를 폈을 때 보다 더 큰 까닭에 거의 벽을 들고다니는 것 같았다.

물론 튀는 부분도 있었으니…

"그 방탄모는 어떻게 못 하겠냐? 깬다."

"방탄 성능은 이게 제일 좋대."

"그래… 뭐 패션쇼 하러 가는 것도 아니고. 냅둬라."

[구입]

사슬 갑옷 =〉 D등급 비늘 갑옷 (비반사 처리, 묵색)

F등급 접이식 방패 (파손) =〉 D등급 가시 방패 (양손)

총 지출 5200만 원. (전 재산)

[비고]

양손 방패를 든 까닭에 무기를 들 수 없음.

칼콘의 장비 구입이 끝나자마자 의자에 앉아있는 민우를
불렀다.

"또 무릎 아파서 그래? 빨리 살 좀 빼라."

"그냥 다리에 힘 좀 풀려서 그랬어요."

"됐고, 물건이나 골라."

[민우의 장비]

무기.

MP5 (일반)

방어구.

보호경 (일반) 방탄모 (일반)

방탄복 (일반) 운동화 (일반)

참 조졸하기 그지없는 장비였다.

'저 장비로 어떻게 잘도 살아남네. 참 신기하단 말이지.'

이런 면에서 보면 참 능력 있는 놈이었다.

여태껏 민우는 체력과 근력이 약한 탓에 무거운 장비를 들수 없었다. 입는 것 자체는 문제가 없었으나, 얼마 걷지 않아도 하중 때문에 다리가 아파왔던 것.

칼콘처럼 근접전을 염두에 둔 장비가 아니고서야, 보통 헌터들이 입고 다니는 방어구의 무게는 약 9kg 정도였다.

이에 등급이 높아질수록 사용자의 힘(등급)도 높아지기에 방어구 무게 역시 정비례하는데, 민우로선 이 무게를 감당할수 없었다.

"제가 약한 게 아니고, 평범한 겁니다. 진짜 인간적으로 너무 무겁다고요!"

민우는 D등급 방어구를 입고는 금방이라도 주저앉을 것 같은 표정을 지었다.

어떡하지 하고 고민하고 있으니, 석중이 끼어들었다.

"무게 감량 마법 걸린 물건 있다."

이 세상에 헌터가 각성자만 있는 게 아니었기에, 방어구도 여러 종류가 있었다.

크게 성능이 전투에 집중 된 일반 각성자용 제품과, 무게 및 편의에 신경 쓴 비각성자용 제품이 있었다.

지금 필요한 건 바로 후자였다.

아무리 좋게 따져봐야 민우는 전투요원이라기 보단 학자, 길잡이, 정보꾼으로 봐야 옳았다.

"그럼 그냥 가벼운 걸로 주쇼."

"이건 알아두라. 가벼운 만큼 방어력도 약하디."

"그래서, 저게 D등급인데, 성능만 따지면 어느 정도요?"

E등급을 조금 웃돈다는 말이 돌아왔다.

"어쩔래? E등급이면 저격총이나, 기관총 빼고 대부분 OTN탄은 막는다."

"사지 말고 그냥 길가다 콱 뒤져 삐라. 뭘 고민하니. 거 목숨 값 아끼는 새끼들은 그냥 일찍 뒤져도 되디."

민우대신 석중이 끼어들어 비아냥거렸다.

"오래 살려면 사야죠."

"아쉽디."

[구입]

방탄모 = 〉 경량 방탄모 (D등급)

방탄복 = 〉 경량 방탄복 (D등급)

운동화 = 〉 경량 워커 (F등급)

총 지출 : 6300만 원.

"저 무지막지한 갑옷보다 왜 제 방탄복이 더 비쌉니까?"

민우가 조심스럽게 물었다.

"물건에 붙기만 하면 가격이 하늘로 뛰게 만드는 놈이 하나 있디. 그게 뭔지 아니? 마법이다 쓰애끼야."

마법 탄환이야 이미 공장에서 찍어내는 수준이라 가격이 비교적 안정됐지만, 다른 물건들은 사정이 달랐다.

아이덴티티가 시장과 정보를 독점하고 있는 까닭이었다.

몇몇 정부는 독자적인 마법 물품 생성 공정을 만들려고 했지만, 안타깝게도 보급용으로 E급 물건이나 만드는 게 고작이었다.

"더 살 거 없니?"

"그냥저냥 이 정도면 충분한 것 같소."

"그래. 뒤지지 말고 다시 찾아오라."

석중은 씩 웃으며 인사했다.

"니는 다시 안 와도 되니께이, 참고하고."

물론 민우만 제외하고 말이다.

"네가 이해해라. 원래 똥고집 밖에 없는 늙은이다."

지훈은 어깨가 축 쳐진 민우를 달래줬다.

권능의 반지

67화. 다시 한 번 그가쉬 클랜으로

NEO MODERN FANTASY STORY

의뢰 이틀 전.

오래간만에 시체 구덩이에 모여 가볍게 술을 한 잔 했다.

이 쪽 일이라는 게 언제 죽을지 모르는 외줄타기였기에 항상 나가기 전에 한 번씩 즐기자는 취지에서였다.

적당히 먹고 있던 찰나 주인이 슬그머니 다가와 이번에는 또 무슨 일을 하냐고 물었다.

"그냥 연구원들 호위야. 별 거 없어."

그 말을 듣자마자 주인이 차갑게 식었다.

"그거 하지 마."

주인은 평소 가벼운 태도로 농이나 건네던 사람이었다. 그런 사람이 정색하며 말하니 뭔가 이유가 있을 터였다.

"밑도 끝도 없이 뭐야?"

"그냥 하지 마. 연구원이면 위험하잖아."

구린 냄새가 나서 정보를 물었지만, 주인은 입을 꾹 다문 체 하지 말라는 말만 반복했다.

"이미 다 잡힌 일이야."

지금 와서 취소했다간 정부와 사이가 틀어질 수 있었다.

비록 정부를 좋아하지는 않았지만 일을 받는 입장인지라 될 수 있으면 좋은 관계를 유지하는 게 좋았다.

"나는 분명 말 했어. 하지 말라고. 선택은 지훈이 해."

그 말을 마지막으로 주인은 사라져 버렸다.

칼콘은 슬쩍 분위기를 살피다가 물었다. 이미 장비까지 구 입해 놓은 상태였다.

"어쩔 거야?"

"지금 와서 발 빼긴 늦었다. 그냥 한다."

일단 사정 상 한다고는 했지만, 왠지 모르게 계속 신경이 쓰이는 지훈이었다.

의뢰 당일.

시연과 지현의 인사를 뒤로 하고 동구 고속도로 톨게이트 로 향했다. 정부가 주도한 사업인 만큼, 집결 장소에는 많은 사람들이 모여 있었다.

'엄청 많네.'

대충 세어보니 어림잡아 40명 즘 됐다.

"왔어?"

"오셨어요?"

칼콘과 민우는 집결지 외곽에서 담배를 피우는 중이었다.

칼콘이야 담배 피는 모습을 자주 봤으니 그러려니 했지만, 민우는 최근 들어 담배 피는 모습이 부쩍 보여 궁금했다.

"요즘 담배가 늘었다?"

"사람이 많으니까 좀 떨리네요. 지금 끌게요."

비꼬는 걸로 들렸는지 비벼 끄려는 민우였지만, 됐다고 내버려 뒀다.

"그냥 궁금해서 물어본 거야. 꼰대질은 성격에 안 맞아서 못 한다. 펴."

남는 시간은 적당히 장비를 점검하며 시간을 보냈다.

"자 인원 확인하겠습니다. 이쪽으로 모여주세요!"

시간이 되자 공무원으로 보이는 남자가 외쳤다. 삼삼오오 모여 있던 자들이 하나 둘씩 자리를 옮겼다.

"각자 신분증 꺼내서 보여주시면 됩니다. 운전면허증 되고, 개척지 주거증도 됩니다."

정부 사업이니만큼 관리를 철저히 하는 모양이었다. 신분증을 꺼내기 위해 지갑을 뒤적거리고 있으니, 칼콘이 손을 덥석 붙잡았다.

"어… 있잖아, 지훈. 나, 불법 체류 중인데. 어떡해?"

머리가 하예졌다.

"미친 새끼야. 저번에 거주권 땄다며. 그거 어쨌어?"

"그게 저번에 술 먹고 싸움했다가… 잘렸어."

이대로 있다간 칼콘이 낄 수 없는 상황이 올 수도 있었다.

대책을 강구했으나, 딱히 묘안 없이 시간만 흘렀다.

"김지훈님, 김지훈님 안 계십니까?"

"여기 있소."

일단 차례가 왔기에 가서 신분증을 보여줬다. 그 다음으로 민우 차례가 됐고, 마지막으로 칼콘 이름이 튀어나왔다.

"크라카투스 님!"

"어, 어… 응!"

칼콘이 어정쩡한 자세로 공무원 앞에 섰다.

"신분증 혹은 거주 확인증 보여 주세요."

"그게 말이야… 집에 놓고 왔어."

공무원이 찡그렸다.

"미확인자를 호위대에 넣을 수는 없습니다."

기껏 장비까지 다 마련했는데, 출발도 못 할 위기였다.

일의 경중이 경중인지라 뇌물이 먹힐 것 같지도 않았고, 어째 빠져나갈 수가 하나도 보이질 않았다.

결국 칼콘을 놓고라도 출발하려는 순간…

"어, 칼콘씨 아닙니까?"

구세주가 나타났다.

교수였다.

"와, 안녕! 잘 지냈어?"

교수는 오크 특유의 반말이 익숙하지 않은지, 어정쩡한 자세로 인사를 받았다. 그 모습이 반말로 대답할지, 존대할 지

고민하는 것처럼 보였다.

"덕분에 잘 지냈습니다. 근데 무슨 일입니까?"

이 때다 싶어 교수에게 사정을 대충 설명했다. 그러자 교수
는 도끼눈을 뜨곤 공무원을 쳐다봤다.

"그게, 절대 어물쩍 넘어가지 말라고 해서…."

말 할 필요도 없었는지, 교수는 신경질적으로 손목을 빙빙
돌렸다. 알아서 처리하라는 의미였다.

아무리 중요한 일이라고 해도 결국 일처리 하는 사람은 공
무원이었다. 상급자가 까라면 까야지 어쩌겠는가.

"죄송합니다. 아무래도 책상머리에서 일하는 사람들인지
라 융통성이 조금 부족합니다."

"아닙니다, 교수님. 자칫 잘못하면 그대로 돌아갈 뻔 했는
데 다행이군요."

"연구를 끝마칠 수 있게 해주신 분인데 이 정도 못해드리
겠습니까. 이번에도 잘 부탁드립니다."

교수는 아무것도 아니라는 듯 인자하게 웃었다.

인원 확인이 끝난 후 전체적인 임무 브리핑과 함께 역할이
분배됐다.

[브리핑]

목표 : 정철수 교수 외 5명 연구인력 호위 및 연구에 관련
된 모든 물품을 임무 종료 시까지 보호.

호위 구성 : 45명 (용병 20명, 군인 20명)

종족 구성 : 인간 43명, 오크 1명, 켄코 1명.

차량 : 5대. (SUV 3대, 두돈반 트럭 2대)

SUV엔 호위 대상 및 연구 도구가 들어 있음. 또한 각 차량마다 2명의 호위 인원이 붙어있음.

SUV 앞뒤로 두돈반 트럭이 에워싸서 호위함.

연구팀 일정 : 그가쉬 클랜으로 이동 후 일주일 간 지형 및 광물을 연구한 뒤 샘플을 들고 귀환함.

다행히 일행은 모두 뒤쪽 트럭에 배정 됐다.

교수는 지훈이 SUV에 탑승하길 원했지만, SUV 당 2인 밖에 탑승할 수 없는지라 거절했다.

부르르릉-

마치 거대 몬스터 레이드 가는 것 마냥 다섯 대의 차량이 나란히 도로를 달렸다.

민우는 트럭 밖으로 고개를 내밀어 차량 행렬을 훑었다.

"길드라도 들어간 것 같은 기분이네요."

"설레냐?"

"그런 건 아니에요. 저는 사실 헌터라기 보단 길잡이에 가깝잖아요. 근데 호위에 끼니까 이상해요."

어린아이 같은 모습이 픽 웃음이 나왔다.

"이런 대규모 인원 습격할 미친놈들은 없겠지만, 그래도 정신 똑바로 차려. 방심하고 있으면 훅 간다."

"방탄복 입었잖아요?"

민우는 큰맘 먹고 장만한 D등급 아티펙트를 두들겼다.

그에 지훈은 민우의 얼굴, 팔, 다리 등 보호되지 않은 부분을 슥 훑어줬다. 게다가 성능 좋은 방탄복을 입었다고 끝이 아니었다.

방탄복으로 관통은 막을 수 있을지 몰라도, 무지막지한 운동 에너지는 어쩔 수 없었다.

집중포화를 당하거나, 기관총, 저격총, 샷건 슬러그 같은 거 맞았다간 뼈가 가루가 되거나 내장이 걸레가 된다.

"엄폐 똑바로 해."

"걱정 마십쇼. 이래봬도 고블린 병영까지 털었습니다?"

기습해서 간신히 이긴 주제에 라는 말을 하려다 말았다. 괜히 사기 꺾어봐야 좋을 것 없었기 때문이었다.

리뱃을 지난 지 30분 정도 지났을 무렵, 차량 행렬이 잠시 멈춰 섰다.

뭔가 싶어 밖을 내다보니 앞쪽 군용 트럭에서 사람인지 새인지 모를 생명체가 내렸다.

"켄코? 저딴 게 왜 우리나라 군대에 있어."

"그러게. 희귀 종족인데 독특하다."

희귀 종족이라는 말에 민우도 덩달아 구경하기 시작했다.

켄코는 새의 모습을 한 휴머노이드였다. 입 대신 딱딱한 부리가 달려있었고, 온 몸에는 깃털이 가득 달려있었으며, 팔 대신엔 날개가 돋아 있었다.

켄코는 평원을 달리는 가 싶더니 휙 하고 날아올랐다. 이후 높은 곳 까지 올라가 활동하며 주변을 빙빙 돌았다.

치직 -

그리고 그 순간 무전기가 울렸다.

- 여기는 독수리. 여기는 독수리. 주변에 위험해 보이는 대상은 없다. 출발하라.

켄코를 하늘에 띄워둔 채로 차량이 출발했다.

그 모습이 일종의 드론 같아 보였다.

철저히 감시하며 이동한 까닭인지, 일행은 별다른 일 없이 그가쉬 클랜까지 도착할 수 있었다.

도중에 켄타우스르 무리와 마주치긴 했으나, 이쪽 전력이 월등했기에 잠시 대치만 했을 뿐 전투가 벌어지진 않았다.

◈

호위대는 무사히 그가쉬 클랜에 도착했다.

가는 길에 샛길에서 지뢰를 밟았던 기억이 나서 도중에 손잡이를 꽉 잡았지만, 다행히 우려가 현실이 되진 않았다.

"기다렸습니다. 어서 오시지요."

예복을 입은 그가쉬가 정중히 맞이했다.

가죽으로 만든 옷에 짐승의 뼈로 만든 장신구를 달고 있었는데, 그 모습이 꼭 중세 바이킹 같아 보였다.

"먼 길 오시느라 피곤하셨을 텐데, 식사 먼저 하시지요. 혹 회포를 푸시고 싶을까 싶어 전통에 따라 여자도 준비 했으니, 원하시면 식사 후 그 쪽으로 가셔도 좋습니다."

"거절해도 큰 실례가 되지 않는다면, 정중히 사양하겠습니다. 저희 종족은 일부일처제라 서요."

교수는 난처한 웃음을 지으며 거절했다.

마음 같아선 딱 잘라 거절하고 싶은 눈치였지만, 외교 문제가 될까 싶어 조심한 티가 났다.

한 동안 교수와 그가쉬 사이에 인사치레가 오갔다.

일행은 뒤에서 그 모습을 지켜봤다. 그러다 문득 칼콘이 지훈을 툭툭 찔렀다.

괜한 잡담을 했다간 눈칫밥을 살 수 있기에 팔꿈치를 슬쩍 휘둘러 쳐냈다.

이 상황에 도대체 하고 싶은 말이 뭔지는 몰랐으나 칼콘은 조용히 어딘가를 가리켰다.

그가쉬, 아니 정확하게는 그보다 조금 더 뒤 쪽이었다.

'가벡?'

위치를 보건데 그가쉬를 호위하는 것 같았다.

저번에 이동 중 살짝 얘기했을 때는 투사(병사)라고 했거늘, 아무래도 진급한 모양이었다.

'그만한 가치가 있는 놈이지. 잘 됐군.'

쳐다보고 있으니, 가벡의 눈동자도 이쪽을 향했다.

대충 눈으로 인사를 주고받고 있자니 그가쉬와 교수가 만찬회장으로 들어갔다.

"자, 그럼 이제 이동 끝났으니 각자 개인 정비 하십쇼. 이제 안전지대니 저희 소대가 호위하겠습니다. 이제부턴 밤에 근무만 서주시면 됩니다."

셋은 나란히 가까운 바닥에 앉아 휴식을 취했다.

"기분이 이상하네요. 저번에 왔을 때는 적진 같았는데, 지금은 편안해요."

"네 주둥이에서 다 죽이고 포로만 빼가자는 말이 나왔으니 그럴 법도 하지."

지훈이 슬쩍 비꼬자, 민우가 화들짝 놀랐다.

"아, 듣는 귀 많은데!"

"배고픈데 뭔 입씨름이냐. 밥이나 먹자."

각자 가져온 도시락을 꺼냈다.

사실 브리핑 때 일체 식사는 그가쉬 측에서 제공한다고 알려주긴 했지만, 칼콘이 좋은 정보를 알려줬기 때문이었다.

– 걔네 음식 더럽게 맛없어. 도시락 싸가자.

일주일 정도 체류할 예정이었기에, 모든 식사를 가져갈 순 없었지만 적어도 한 끼 정도는 맛있게 먹고 싶었다.

'어디 한 번 볼까.'

지훈은 시연이 준 도시락을 슬쩍 훑어봤다.

요리와는 연이 없었는지 산 도시락이었지만, 친절하게도

통에 포스트잇이 붙어있었다.

　- 꼭 다치지 말고 돌아와!

　피식 웃곤 포스트잇을 주머니에 넣었다.

　"와 형수님이 싸주신 거예요?"

　싸준 건 아니고 사준 거였지만, 굳이 말하진 않았다. 어차피 성의가 들었으면 그게 그거 아니던가.

　"어."

　"우히히, 사이좋네요?"

　이상야릇한 말투에 칼콘도 슬쩍 귀를 기울였다. 귀찮은 일이 생길 것 같아 대답하지 않으니, 민우가 박수를 쳤다.

　"맞죠? 그죠? 거봐, 내가 둘이 계속 잘 될 줄 알았다니까."

　"지훈 사이좋네~ 그래서 했어?"

　"뭐 그런 걸 물어봐. 밥이나 먹어."

　무시하고 조용히 도시락을 열었다. 돈가스였다.

　고칼로리 음식 먹고 힘을 내라는 의미였지만, 지훈은 그저 시연이 어린이 입맛이라고만 생각했다.

　한 조각 입에 넣고 우적우적 씹었다.

　"형님은 저한테 감사하셔야 하지 말입니다."

　뜬금없는 소리에 머릿속에 물음표가 떠올랐다.

　"내가 왜."

　"지갑 안 열어 보셨어요?"

　- 유 니드 어스 (you need us).

　- 코, 콘돔이 왜 여기 들어가 있어!

지갑 이라는 말에 그 날 있었던 해프닝이 뇌내재생됐다.

'맞아. 이 새끼 짓이었지.'

가끔 쓸 대 없는 말을 해서 손해를 보는 사람들이 있다. 딱 민우 같은 사람들 말이다.

가만히 있었으면 그냥 넘어갈 껄 꼭 사서 매를 번다.

"그래, 아주 고맙다. 내가 큰 은혜를 까먹어 버렸네."

지훈이 그대로 몸을 날려 민우의 머리를 옭아맸다.

"아악, 악! 형님 왜 그러세요!"

"고마워서 그런다, 이 십방새야."

결론적으로 쓰긴 했지만, 그 날 있었던 콘돔 사건은 두고두고 회자되며 시연에게 놀림거리가 됐기 때문이었다.

그 복수를 해줄 필요가 있었다.

"아, 아아악!"

민우의 처절한 비명이 군락 내에 울려 퍼졌다.

권능의 반지

68화. 여기서 나가고 싶다고?

NEO MODERN FANTASY STORY

식사 후 노닥거리고 있으니 가벡이 찾아왔다.

"오, 이게 누구야!"

전투 종족 특유의 전우애 때문인지 칼콘이 먼저 반응했다.

"잘 지냈나?"

"당연하지!"

둘은 서로 쾅 소리가 날 정도로 주먹을 세게 부딪쳤다.

이후 가벡이 민우에게 다가가자, 어떻게 인사해야 할지 고민하다 주먹을 내밀었다.

"널 전우로 인정하지 않는 건 아니지만, 나랑 주먹을 부딪치면 네 달걀이 부서질 텐데?"

민우가 화들짝 놀라며 말로만 인사했다.

"반갑군, 가벡. 잘 지냈나?"

"딱히. 잘은 아니다."

가벡은 주먹을 내밀었다. 이에 지훈은 있는 힘껏 부딪쳤다.

뻑!

"역시, 세군. 인간은 모두 약한 줄 알았는데 말이야."

"뭐 내가 강한 걸 어쩌겠나."

실없는 농에 둘이 픽 하고 웃었다.

"연구팀 호위로 온 건가?"

"어쩌다 보니."

한동안 이런저런 잡담이 이어졌다.

주로 근황 얘기였다.

"그나저나 전쟁은 어떻게 됐지?"

"끝났다. 하지만 뒤가 마음에 들지 않는다."

분명 승리였거늘 가벡의 표정은 어둡기만 했다.

"겐포의 유언대로 전쟁은 끝났다. 하지만 겐피의 가족을
모두 볼모로 잡았다."

정리하자면 이랬다.

겐포가 죽은 후 전쟁은 끝났지만 여전히 분쟁의 씨앗은 남
아있었다. 이에 그가쉬는 그 싹을 짓밟기 위해 차기 부족, 겐
피의 가족을 모두 볼모로 붙잡아 버린 것이다.

가벡은 이 결과에 큰 불만을 표시했다.

"우리는 도대체 뭘 위해 싸우고, 뭘 위해 죽은 거지?"

둘 중 하나가 끝장날 때 까지 싸우자고 맹세했거늘, 정작

끝은 너무나도 미온하기만 했다.

지훈 입장에서는 전쟁이 빨리 끝나 희생자가 적은 편이 좋다고 생각했지만, 적어도 저쪽 문화에선 그게 아니었나보다.

"죽은 전우들의 얼굴을 볼 낯이 없다."

가벡이 고개를 푹 숙였다. 상실감이 엿보였다.

"전쟁이 다 그런 거 아니겠냐. 한 대 펴라."

위로의 말 대신 담배를 한 대 건넸다.

가끔은 위로보다, 작은 행동 하나가 더 나을 때도 있음을 알기 때문이었다.

밤이 되자 켄코가 나이트비전을 낀 채로 날아올랐다.

그가쉬는 본인들이 지켜 줄 테니 경계할 필요 없다고 말했지만, 원래 안전은 본인이 챙기는 게 제일이었다.

밤사이 켄코가 무전으로 다이어 울프 무리가 보인다고 했으나, 별다른 일이 벌어지진 않았다.

⊕

일이 없다는 것은 참 좋은 일이었다.

이러고 돈 받아도 되나 싶을 정도로 조용한 나날이 계속됐다. 시체 구덩이 주인이 했던 말이 떠올라 뒤숭숭했던 것도 겨우 며칠이 다였다.

몇 개 있는 고민이라곤 바로 음식과 지루함 정도였으니, 말 다 했다.

"제발, 이 밍밍한 국 좀 그만 먹고 싶어."

칼콘이 음식을 보며 징징거렸다.

아침, 점심, 저녁 항상 같은 고깃국만 나왔다.

도시에서 배급되는 인공육과 보급용 채소와는 차원이 다를 정도로 싱싱한 재료를 쓴 음식이었지만…

안타깝게도 너무 싱거웠다.

그도 그렇게 버그베어는 원래 음식을 조리하지 않고 생으로 먹는 종족이었다. 게다가 산맥 한 가운데 위치한 군락이라 소금이나 후추 같은 조미료도 귀했던 것.

당연히 맛은 개뿔, 반 강제로 자연의 맛을 느껴야 했다.

"으… 이럴 거면 그냥 통으로 굽거나 훈제를 하지. 진짜 이걸 뭔 맛으로 먹어."

칼콘은 국을 어린아이가 시금치 보듯 쳐다봤다. 결국 굶을 자신은 없었는지, 눈 꼭 감고 그대로 마셔버렸다.

식도를 따라 비린내가 올라왔지만, 어쩔 수 없었다.

"젠장. 고양이 사료라도 가져올 걸."

"네가 고양이도 아니고 그걸 왜 먹냐 도대체."

"맛있어. 특히 소젖에 말아 먹으면 좋다고."

"됐다. 그만하자, 밥 맛 떨어진다."

징징거리는 칼콘과 달리 이쪽은 나름대로 방비를 해 왔다.

바로 맛소금이었다.

통구이로 나온다고 해도 찍어 먹으면 됐고, 국으로 나온다고 해도 타먹으면 됐다. 과연 완벽한 수비가 아닐 수 없었다.

"형님… 저 조금만 주시면 안 돼요?"

민우가 맛소금을 황금처럼 쳐다봤다.

녀석도 칼콘의 충고를 듣고 나름대로 비스킷과 칼로리 블록을 가져왔으나, 이틀 만에 전부 먹어버린 참이었다.

"나도 별로 없으니까 조금만 가져가."

결재 떨어지자 민우는 감격스러운 표정으로 소금을 챙겼다.

참 감격스러울 거 없다고 느껴지는 순간이었다.

지루함을 달래기 위해 민우의 사격 연습을 도와줬다.

기본적인 PRI(사격술 예비 훈련)부터 거리별 사격 실습, 사격시 팁 등 여러 가지 등이었다.

약 3일간 시간 날 때 마다 훈련시켰다.

그런데 이상한 일이 하나 있었다. 200M만 넘어가면 모든 총알이 빗나가기 시작하는 것이었다.

"제대로 쏜 거 맞아? 왜 빗나가."

"그러게요."

"너 영점 조절 제대로 한 거 맞냐?"

"그게 뭐에요?"

짓궂은 농담이었다.

아니 그렇게 믿고 싶었다.

"농담이지?"

"진짜 모르는데요?"

이걸 때려야하나, 말아야하나 고민하길 잠시.

"너 내가 사격장 가서 연습 하라고 했냐, 안 했냐."

"이상하네요, 가서 쐈을 땐 정말 잘 맞았는데."

그럴 수밖에 없는 게, 실내 사격장은 100M 넘는 곳을 찾기 힘들었다.

게다가 민우가 찾아간 곳이라면 분명 서구에 있었을 텐데, 그 땅값 비싼 곳에 거대한 사격장이 있을 리 만무했다.

"너 도대체 겐포 병영에선 어떻게 맞춘 건데?"

"그냥 목표를 중앙에 놓고 스위… 아니 방아쇠 당겼어요."

그나마 다행은 병영과 민우의 거리가 가까웠다는 거였다.

만약 조금만 멀었다면 고블린들의 사격에 일방적으로 벌집이 됐을 게 분명했다.

결국 영점 먼저 잡아 준 다음 호흡관리 등을 가르쳤다.

지루해도 시간은 흐른다고 했던가?

어느새 연구 일정도 거의 끝나 있었다.

'이제 내일이면 끝인가.'

돌아갈 생각을 하며 짐을 싸고 있자니, 숙소에 웬 버그베어가 불쑥 들어왔다. 가벡이었다.

"나와. 할 말이 있다."

민우와 칼콘이 슬쩍 눈치를 봤다.

혹여 저번에 졌던 게 신경 쓰여 결투라도 신청하는 게 아닐까 하는 기대가 들어 있었다.

"지금 짐 싸잖아. 귀찮으니까 그냥 여기서 말해."

"중요한 사안이다."

농담 할 녀석은 아니었기에 자리에서 일어섰다.

가벡은 이후 칼콘과 민우도 불러 군락 구석으로 향했다.

"뭔 얘기 하려고 뜸을 이렇게 들여. 누구 죽여야 할 사람이라도 있냐?"

가벡은 말없이 고개만 저었다.

"난 이 군락에서 나가고 싶다."

나름대로 많이 고민한 것 같았으나, 이쪽 입장에서는 무슨 개소린가 싶었다.

"나가. 뭐가 문제냐?"

원래 절이 싫으면 중이 나가는 법이었다.

실제로 크락도 인간 도시에 와서 살지 않던가?

"추격자가 붙는다. 일족 중 내가 제일 강하니 붙잡히진 않겠지만… 동료들을 다치게 하고 싶지 않다."

슬슬 무슨 얘기를 꺼내고 싶은지 알 것 같았다.

"안 돼."

"아직 말도 안 했다."

"너 이 새끼, 데려가 달라고 할 거잖아."

"정확하다."

셋만 왔다면 그럴 수 있었겠지만, 지금은 의뢰 중이었다.

정부가 눈 치켜뜨고 있는데 원주민을 함부로 데려올 수 없었다.

"이유나 들어보자. 갑자기 왜 그러는데?"

공허함이 잔뜩 섞인 목소리로 가벡이 설명을 시작했다.

가벡은 자기가 그가쉬 클랜의 일족인 걸 굉장히 자랑스럽게 생각했었다. 일족을 지키는 전사였고, 그가쉬가 제일 자랑스러워하는 투사였다.

그가 가는 곳엔 언제나 승리와 명예가 뒤따랐다.

하지만 저번 전쟁은 달랐다.

"많은 동료들이 죽었지만, 우리는 승리하지 못했다."

겐포 부족이 항복했으니 굳이 따지자면 승리였으나, 가벡은 그걸 인정하지 않았다.

"난 그런 더럽고 추잡한 승리는 인정하지 못한다. 적을 굴복시키는 게 아니라, 인질을 잡고 협잡질이나 하다니!"

가벡은 그가쉬의 행동이 마음에 들지 않았다.

명예롭지 않은 더럽고 치사한 행동이라고 생각했다.

"도대체 난 뭘 위해 싸운 거지? 우리가 알던 명예는 도대체 뭐지? 이제 아무것도 모르겠다."

"전쟁에 그딴 게 어디 있어. 그냥 정치하는 새끼들 입놀음 몇 번에 젊은 새끼들 뒤지러 가는 거지."

가벡은 해머로 뒤통수를 맞은 것 같은 표정을 지었다.

희미하게 생각만 했던 사실을 다른 사람 입에서 들었기 때문이었다.

이를 통해 가벡은 확신할 수 있었다.

자신이 잘못되지 않았다고, 다른 이도 동의한다고 말이다.

"난 더 이상 그가쉬와 같은 전장에서 싸울 수 없다. 이제 내 길을 가야할 때가 왔다."

"잘 생각해. 밖에 나가봐야 이방인이야. 편견과 차별 섞인 냉대밖에 못 받는다고."

"그런 녀석들은 모조리 때려눕히면 그만이다."

솔직한 심정으로, 함부로 데리고 나갔다간 애꿎은 사람 여럿 조지겠구나 하는 생각이 제일 먼저 들었다.

"그래, 어떻게 일이 잘 풀려서 간다고 쳐. 그 다음은 어쩔 건데. 인간들이 널 곱게 볼 것 같냐?"

"곱게 봐야 할 걸."

"왜?"

"그렇지 않으면 무슨 일이 생길지는 그들만이 알겠지."

아무래도 촌에만 살아 모르는 모양이었다.

현재 동맹이 체결되지 않은 종족이 타종족 영역에서 사고를 칠 경우 징벌적 사법제도가 적용된다.

최소 추방 혹은 징역에 최악의 경우에는 사형이었다.

조리 있게 설명해 줬지만 가벡은 고개만 갸웃거렸다.

"다른 놈에게 말하기 전에 흠신 두들겨 패면 되지 않나?"

말이 통하지 않았기에 더 이상 설명하는 걸 그만뒀다.

"사정은 알겠는데, 어쨌든 안 돼. 우리는 너 못 태워."

"차에 타기만 하면 되나?"

"뭐 차에만 타면 나갈 수는 있겠지. 어차피 내가 운전하는 것도 아니니까."

"알겠다."

가벡은 그 말을 마지막으로 돌아섰다.

나비효과라는 말이 있다.

나비의 작은 날개짓이 태평양을 넘으면 태풍이 된다는…
뭐 그렇고 그런 식상한 얘기다.

물론 저 태풍을 맞는 사람이 본인이 되면 그 때 부터는 전
혀 식상하지 않겠지만 말이다.

✥

벌써 그가쉬 클랜에 온 지도 일주일.

아무 일 없는 평화 속에 연구가 끝났다.

"도울 수 있어서 좋았소."

"편안히 연구를 할 수 있게 신경 써 주셔서 감사했습니다."

그가쉬와 교수가 서로 악수했다.

갈 길이 멀었기에, 교수는 이런 통과의례는 빨리 끝내고 싶
은 눈치였다. 반면 그가쉬는 손을 놓질 않았다.

악수만 약 10초.

그가쉬가 작은 목소리로 말했다.

– 그래서 전차는 언제 받을 수 있는 거요?

광업권을 넘기는 조건으로 그가쉬 클랜은 무기와 전차를
요구했다. 젠포 부족을 점령했다지만, 아직 가시산맥에는 많
은 군소 종족들이 남아있기 때문이었다.

'난 이 산맥의 왕이 될 거다. 그 다음은 평원이고, 그 다음
은 인간들을 굴복 시키리라! 이 세상을 오로지 버그베어만을

위한 땅으로 만들겠다!'

대한민국 정부 역시 저 의도를 모르는 건 아니었다.

단지 총과 전차만으로는 무슨 짓을 해도 큰 위협이 되지 않았음을 알기에 코웃음 쳤을 뿐이었다.

현재 대한민국은 몬스터 브레이크 아웃으로 국제 사회가 혼란스러운 틈을 타, 핵 개발을 완료한 상태였다.

혹여 만약에 그가쉬 클랜이 개척지를 위협하는 '위험 요소'로 성장한다면 그 땐 주변 종족들의 합의를 받아 전술핵을 꽂으면 그만이었다.

그렇기에 황금알을 낳는 거위를 위해 총과 전차 따위 얼마든지 제공해도 전혀 상관없었다.

- 저는 연구원이라서 그런 문제는 잘….

- 만약 이렇게 총과 총알만으로 입 싹 씻을 생각이라면, 내 맹세컨대 네가 그 어디에 있던 쫓아가서 잘근잘근 씹어줄 거라 맹세할 수 있다.

경고의 의미로 그가쉬가 교수의 손을 꽉 쥐었다.

교수가 신음을 내뱉었다.

이상한 기류에 군인들이 총을 고쳐 잡았다.

권능의 반지

69화. 화약 냄새

NEO MODERN FANTASY STORY

"겨우 악수에 뭐 그렇게들 긴장해? 나약하구만. 근데 이 녀석 말고 전사는 없나? 난 전사랑 얘기하고 싶다."

소대장이 슬쩍 고개를 갸웃거렸다.

"가서 얘기 좀 해봐요. 총이랑 전차 얘기하는데 무슨 소리를 하는지 모르겠습니다."

소대장이 작게 욕지거리를 내뱉으며 그가쉬에게 다가갔다.

그가 받은 명령은 간단했다.

[만약 버그베어들이 비협조적으로 나오거나, 후환이 될 것 같은 경우 처리한 뒤 몬스터 짓으로 꾸미라.]

현재 그가쉬 클랜은 전쟁으로 많은 각성자를 잃은 상황.

반면 이쪽은 용병 포함 각성자 숫자가 15명을 넘었다.

'몬스터잖아. 어차피 죽여도 상관없을 거야. 아니, 차라리 죽이는 편이 진급에 더 좋을지도.'

애초에 싸워봐야 계란으로 바위치기였다.

만약 저쪽에서 명분을 제공한다면 이쪽은 고마운 마음으로 무력을 휘두르면 됐다.

소대장은 일부러 거만한 태도로 그가쉬에게 말했다.

– 아 뭐. 계약금으로 총 줬잖아. 또 뭐가 문젠데.

– 전차가 없다. 씹어 먹을 인간새끼야.

– 아직 광산 짓지도 않았는데 전차를 어떻게 줘. 계약 조건 이행도 안하고 보상부터 달라면 어쩌라고.

– 만약 이대로 사기를 칠 생각이라면…

– 광산 짓고 준다고. 진짜 애새끼도 아니고.

소대장은 그걸 마지막으로 등을 돌렸다. 그가쉬는 소대장의 태도가 못마땅한 듯 이를 드러내고 씩씩댔다.

'역시 가벡의 말이 맞았다. 인간들은 믿을 게 못 돼. 몸에 털도 없는 더러운 변종 원숭이들.'

그가쉬가 소대장에 등에 소리를 질렀다.

"이봐! 난 너희를 믿을 수 없다. 감시를 붙이겠다."

"뭐?"

예상치 못한 전개였지만, 딱히 판을 엎을만한 명분이 생길 만한 제안은 아니었다.

저쪽에서 먼저 총 겨누지 않는 한 막가파로 거절하고 죄다 쏴 죽일 수도 없는 노릇이었다.

그런 짓을 했다간 정치적, 외교적 문제로 번져 주변 이종족
들에게서 고립되는 최악의 경우가 생길 수도 있었다.

소대장은 얼굴을 찌푸렸으나 일단은 제안을 승낙했다.

"마음대로 해."

어차피 버그베어 측에서 바보짓만 하지 않으면 계약을 이
행 할 대한민국 정부였다.

감시가 붙는다고 한들 달라질 건 아무것도 없었다.

"난 이번 전쟁의 영웅, 가벡을 보내겠다."

반면 지훈은 예상치 못한 결과에 얼굴을 찌푸렸다.

'여기서 저 새끼가 왜 나와?'

식상한 말.

나비효과.

될 대로 되라는 투로 내뱉은 한 마디가, 태풍으로 변해 일
행을 때린 순간이었다.

– 뭐 차에만 타면 데려다 줄 순 있겠지.

이 말을 들은 가벡은 바로 그가쉬에게 달려갔다.

인간을 믿을 수 없다며 감시가 필요하다고 말이다.

이에 피해망상과 편집증이 있는 그가쉬는 그대로 승낙, 가
벡이 원한대로 그를 감시역으로 붙이게 된 것이었다.

'저 또라이 새끼가….'

칼콘과 민우는 아무것도 모른 체 좋아했지만 지훈은 진실
을 꿰뚫어 볼 수 있었다.

"만약 내 투사가 한 달 내로 돌아오지 않거나, 전차가 도착

하지 않는다면 앞으로 우린 인간을 적대하겠다."

상황으로 볼 때 가벡은 그가쉬 클랜으로 돌아올 생각이 없어 보였다.

"어차피 우리가 돌아가는 즉시 광부들이 파견될 거다. 전차는 그 때 받을 수 있을 테니 걱정 마. 너희나 광부나 연구원에게 이상한 짓이나 하지 마라."

"그건 두고 봐야 알겠지. 너희가 계약 조건만 이행한다면 아무런 일도 벌이지지 않을거다."

그렇게 가벡이 합류했다.

방법은 마음에 들지 않았으나, 아마 저쪽도 나름대로 최선을 다한 것이리라. 물론 그렇다고 해서 기분이 안 나쁜 것은 아니었다.

지훈은 차 안에서 얼굴을 구긴 체 가벡을 쳐다봤다.

"문제 있나?"

듣는 귀가 있기에 차마 대놓고 욕도 못하고, 속만 탔다.

'미친놈. 막장인거 알았을 때부터 거리를 뒀어야 했다.'

속으로는 짜증이 났으나, 입에는 다른 내용을 담았다.

"딱히. 다시 만나니 좋군."

"가시 산맥으로 나가는 건 이번이 두 번째다. 설레는군."

설레는 가벡과 달리 지훈은 이제 저 혹덩이를 어떻게 떼어내야 하나 고민만 한 가득이었다.

내버려 뒀다간 분명 일주일도 못 갈게 분명했다. 추방 혹은 철창 또는 총살 셋 중 하나겠지.

'사고 칠 거 뻔히 보이는데 버릴 수도 없고, 환장하겠네.'

몇 분간 고민에 빠졌다. 그 결과 그나마 종족간 차이가 적은 칼콘과 붙여놓으면 되겠다는 생각이 들었다.

'적응할 때 까지만 같이 있는 정도라면 상관없겠지.'

칼콘도 이주 당시 엄청 고생 했으니 측은함을 느낄 터. 아마 안면몰수하고 모른 척 하진 않을 것 같았다.

이제 골치 아픈 문제는 해결됐다.

편한 마음으로 쉬고 있자니 휴식 시간을 틈타 교수가 뒤쪽 트럭으로 옮겨 탔다.

호위 병력들이 깜짝 놀라며 SUV로 돌아가라고 말했지만, 막무가내였다.

"무슨 일로 이런 누추한 곳까지 왔습니까?"

궁금증을 담아 묻자, 교수가 목소리를 낮췄다.

– 긴히 드릴 말씀이 있어서 왔습니다.

– 도대체 어떤 중요한 문제 길래 그러시는 겁니까?

– 이번에 발견 된 신금속 때문입니다.

저번에 구해줬다지만, 그건 이번 호위대에 넣어주는 걸로 전부 청산됐다. 이걸 도대체 왜 나한테 얘기나 싶었다.

– 노벨상 받으시겠군요. 축하드립니다.

– 노벨상 까진 아니겠지만, 그래도 감사합니다. 대외비라 자세히 말씀드릴 수 없기 때문에 짧게 말하겠습니다.

중요한 말이 나올 것 같아서 귀를 기울였다.

– 엄청나게 비싸질 겁니다.

신금속이 비싼 거야 당연했다.

― 그럼 돈 많이 버시겠군. 축하드립니다.

― 아마 헌팅 물품에 사용될 겁니다. 그러니 나중에 가져오시면 정제해 드리겠습니다.

― 무슨 말씀이십니까?

― 저번에 드린 원석 말입니다.

그제야 감사의 의미로 원석을 받았다는 사실이 떠올랐다.

굳이 쓸 데도 없었기에 책장 위에 장식용으로 올려놓고 까맣게 잊어버리고 있었다.

― 학계와 방송 발표가 끝나고 난 뒤 제게 다시 연락해 주십시오. 제 연구를 무사히 끝마치게 해주신 보답을 하겠습니다.

❀

교수는 휴식시간이 끝나자 다시 SUV로 돌아갔다.

다시 지루한 풍경만 바라보고 있자니 칼콘이 물었다.

"뭔 얘기한 거야?"

"저번에 받은 원석 기억 나냐?"

"응."

"나중에 찾아오면 정제해 준대."

칼콘이 오~ 하는 탄성을 냈다.

"거기서 뽑아봐야 얼마 나오지도 않을 테니까, 팔다가 정산이나 하자."

원석이래 봐야 사람 머리만한 돌덩이였다. 정제하면 얼마 되지 않을 것 같았다.

양이 적으면 팔아도 소득이 적다는 얘긴데, 푼돈 가지고 괜히 나중에 말 나오게 하기는 싫었다.

시원한 바람과 끝없는 지평선만 보길 다시 2시간.

원래대로라면 도착하고도 남았어야 할 시간인데도 리뱃은 커녕 사람 그림자도 보이질 않았다.

'어딜 가는 거야?'

궁금증에 앞쪽에 있는 통신병에게 물었다.

연락을 위해 용병 부대에 붙어있는 군인이었다.

"리뱃으로 가는 거 아냐? 왜 도착을 안 해."

툭 튀어나온 반말.

통신병은 얼굴을 찌푸렸지만 그러려니 했다. 세드에서 군 생활을 할 정도로 실력이 좋아봐야 어차피 20대 초반이었다.

나이로 따져봐야 지훈이 훨씬 많았기 때문이었다.

"잠시 만요."

통신병은 바로 무전기를 들고 물어봤다.

- 괜찮아. 알려줘.

- 예, 알겠습니다.

"습격 대비해서 진로를 바꿨습니다. 신금속 발견이라, 다른 국가나 기타 어중이떠중이가 습격할 수도 있거든요."

통신병은 2시간 정도만 더 가면 리뱃에 도착할 거라고 귀띔해 줬다.

'지루하게 돌아가네.'

한숨을 푹 내쉬고 잠이나 잘까 싶은 순간, 진행방향 쪽에 커다란 밭과 농가가 드문드문 보였다.

'저건 또 뭔….'

밭과 농가가 있다는 건 곧 누군가가 있다는 얘기였고, 이는 곧 전투가 벌어질지도 모른다는 뜻이었다.

"야, 저거 뭐냐?"

지훈이 통신병에게 묻자 피식 웃었다.

"저거 아마 골든 하플링 농가일 겁니다."

들어 본 적 있는 이름이었다.

골든 하플링은 유명한 농업 종족이었다.

키는 약 1M 30cm로 고블린과 비슷했고, 매우 온순해 전쟁보다는 농업을 사랑하는 종족이었다.

보통 평야에 살았는데, 식량이 풍족한 탓인지 폭발적인 인구 성장을 자랑했다.

몇 년 만에 평야를 밭으로 바꿀 정도였다.

"근데 듣던 거랑 다르게 밭이 작네. 그리고 휑하고 뚫려있는데 방어는 어쩌고?"

이 질문에는 칼콘이 대답해줬다.

"쟤네는 그런 거 안 해. 그냥 주변에 큰 종족이나 세력한테 붙어서 곡물을 제공하고, 보호를 받지."

골든 하플링은 살아남기 위해 날카로운 손톱이나 터질 듯

한 근육을 선택한 타 종족과는 달랐다.

도리어 체구를 작게 만들어 신진대사를 낮춤과 동시에 긴 수명을 얻었고, 땅을 파기 좋은 두꺼운 손과 발을 얻었다.

그렇기에 타 종족은 쉽게 골든 하플링을 정복할 수 있었지만 그러지 않았다.

고기 말고는 얻을 게 없었기 때문이었다.

예컨대 닭을 생각하면 쉬웠다.

닭은 날지도 못했고, 덩치도 작았다.

엄청나게 약한 조건으로 진화했음에도 그들은 오랜 생존경쟁에서 전혀 뒤처지지 않았다.

이유는 바로 공존에 있었다.

'바보가 아니고서야 암탉을 바로 잡아먹지는 않지.'

주변에서 전쟁이 나든, 패자가 바뀌든 골든 하플링은 일절 신경 쓰지 않았다. 단지 주기적으로 질 좋은 곡물과 음식을 제공했을 뿐이었다.

이렇기에 주변 종족은 골든 하플링을 '종족'이 아닌 '자원'으로 인식했고, 이 자원을 훼손하는 자는 공공의 적이 됐다.

"아마 저기는 더 그럴걸. 듣기로 동쪽 평원에 그레이트 웜 사용해서 농사짓는 골든 하플링 무리가 있다고 들었어."

그레이트 웜은 길이가 2M에 달하는 토룡이었다.

주식으로 흙을 먹지만, 만약 자기 서식지에 다른 동물이 침범하면 가리지 않고 잡아먹었다.

몸 자체는 아무런 비늘도 없어 연약했지만, 요는 이동속도였다. 땅을 빠른 속도로 움직이며 예상치 못한 곳을 습격했기에 까다로운 상대였다.

"위험 대비 얻을 게 없잖아. 아무도 안 건드려."

칼콘은 설명을 마치곤 픽 웃었다. 그러다 배가 고팠는지, 골든 하플링 작물을 먹고 싶다며 입을 쩝쩝거렸다.

"그래서 결론은 안전하다?"

"응. 걱정할 거 전혀 없어."

안심하라는 말에도, 지훈은 왠지 모를 불안감을 느꼈다.

'이상하다. 뭐지?'

목젖에 뭐라도 들러붙은 듯 꺼림칙했고,

발바닥은 누가 바늘로 찌르듯 따가웠으며,

지나가는 바람에는 옅은 화약 냄새가 섞인 것 같았다.

기분 탓으로 넘길 수도 있었으나, 화약 냄새라는 대목에서 정신이 번쩍 들었다.

평야 한가운데에서 화약 냄새라니?

"잠깐만. 화약 냄새 안 나냐?"

"당연하겠지. 화약 위에 타고 있잖아."

칼콘이 고개를 갸웃거렸다.

지금 타고 있는 트럭에는 수천발의 탄약 외에도 수류탄 등 온갖 폭발물이 실려 있었다. 화약 냄새가 나는 게 당연했다.

"그거 말고. 바람에."

칼콘과 민우가 긴장했다.

여태껏 지훈의 감은 틀린 적이 거의 없었기 때문이었다.

권능의 반지

70화. 습격 (1)

NEO MODERN FANTASY STORY

약 20분 전.

골든 하플링 농장.

"어, 언더 다크가 왜… 이미 이번 달 상납은 전부…."

"아냐, 그게 아냐. 지금은 그 일로 온 게 아니라고."

익숙한 얼굴이 보였다.

세월의 연륜이 묻어있는 얼굴에 말쑥한 차림새의 대머리.

그리고 특유의 능글능글한 웃음이 어울리는 사람.

시체 구덩이 주인이었다.

매일 가게에만 박혀있던 사람이 밖에 나와 있는 모습은, 마치 이상한 물건이 옳지 않은 장소에 있는 것 같은 뒤틀린 분위기를 자아냈다.

"오늘 크게 한 탕 해야 할 일이 있어. 자리 좀 빌려줘."

골든 하플링의 표정이 새하얗게 질렸다.

오늘은 한국 정부에서 통과 협조가 들어온 날이었다. 협조까지 들어올 정도라면 분명 중요한 사람이 지나갈 터.

문제가 생기면 한국 정부에서 보복이 들어올 게 뻔했다.

"제, 제발… 그것만은 안 됩니다… 살려 주십쇼!"

"어머, 그런 거 아냐. 단지 아무것도 모른다고 눈감아 주기만 하면 돼."

"한국 정부에서 협조가 들어왔단 말입니다!"

골든 하플링이 시체 구덩이 주인의 바짓가랑이를 잡았다.

"저거 건드리면 우리 다 죽습니다. 제발! 상납량을 올리겠습니다."

"우리 못 믿는 거야? 언더 다크의 가호라는 건 쉽게 얻을 수 있는 게 아냐."

"그런 문제가 아니…!"

부아가 치밀어 올랐는지, 골든 하플링은 주인의 가슴께를 붙잡았다. 아니, 붙잡으려 했다. 스프리건 호위가 오금을 때리지만 않았다면.

퍽!

"어걱!"

스프리건은 쓰러진 골든 하플링의 머리에 권총을 들이댔다.

"더 다가간다. 너 죽는다."

골든 하플링은 아무것도 할 수 없다는 사실이 분했는지, 서러움과 함께 눈물을 토해냈다.

"그만해. 우리는 부탁을 하러 온 거야. 협박을 하러 온 게 아니라구. 품위 없게 뭐하는 짓?"

주인이 손짓하자 스프리건이 바로 떨어졌다.

이후 골든 하플링들은 주인의 안내에 따라 모두 지하실에 모였다.

"문은 잠그지 않을 거야. 하지만 나오면 휩쓸릴지도 모르니까, 하루 정도는 거기 숨어있어."

일부 골든 하플링은 욕을 내뱉었지만, 주인은 웃기만 했다.

"그냥 하루 쉰다고 생각하고 이해 좀 해줘. 그래도 누구 다치는 사람은 없잖아?"

다시 농가 1층.

주인은 모여 있는 병력을 슥 훑었다.

평소의 실실 웃는 표정과는 달리 날카로운 모습이었다.

"준비는?"

"폭약 매설 끝났습니다."

주인은 손으로 턱과 인중을 차례로 쓸었다. 까끌까끌하게 난 수염이 집중력을 높여줬다.

"잘 들어. 우리 목표는 교수야. 만약 교전 중에 교수가 죽으면 조교라도 좋아. 무조건 연구팀 중 하나는 잡아와."

"예, 알겠습니다!"

"다들 모인 이유가 다른 건 알아. 돈, 계급, 티어, 계약, 빚. 하지만 목표는 같잖아. 그러니 일 잘 처리하자. 알겠지?"

주인은 그 말을 마지막으로, 습격 계획을 점검했다.

[언더 다크 측 브리핑]

목표 : 연구 탈취를 위한 연구진 납치.

습격 인원 : 26명 (인간 25, 스프리건 1)

보직 구성 : 소총수 (15 명)

　　　　　기관총 사수 (2 명)

　　　　　돌격병 (3 명)

　　　　　각성자들 (5명) (F~D 등급?)

　　　　　격수 (1 명) (주인)

　　　　　스프리건 (1 개체)

장비 구성 :

소총수 : 각자 개인이 지참한 총기류(AK, K2, SO80 등)

　　　　5.56mm ~ 7.76mm OTN 탄 (F급 아티펙트 관통)

　　　　파쇄 수류탄

돌격병 : SPAS-12 샷건 (반자동)

　　　　슬러그탄 (일반)

　　　　섬광탄

저격수 : 모신나강 (고배율 스코프, 열감지 스코프)

  7.62×54mm (일반)

기관총 사수 : 페체네그 (PKM, 러시아 제식 기관총)

  7.62 × 54 mm (폭발탄환 20발, 일반탄 500발)

스프리건 : 왼손 (우지건 기관단총), 오른손 (USP 권총)

  왼손 (9mm OTN탄), 오른손 (9mm 파쇄 마력탄)

각성자 : 각자 지참한 무기.

[작전 사안]

1 - 폭발물을 미리 매설해 놓는다.

2 - 내부 조력자가 신호를 주면 폭발물을 폭파.

3 - 기관총 사수가 마력탄환으로 차량 제압 후 지원사격.

4 - 지원사격을 바탕으로 소총수, 돌격병, 각성자 돌입.

4-1 - 호위병력 제거 후 목표 탈취

5 - 잔존 병력 제거 후 나머지 차량 폭파

"그리고 한 가지 주의 사항이 있어."

설명을 마친 주인은 품에서 핸드폰을 꺼내 들었다.

화면에 지훈의 사진이 떠있었다.

"내가 아는 사람이야. 언더 다크랑 연관 됐던 사람이니까 될 수 있으면 죽이지 말고 데려와. 옆에 붙어있는 오크랑 인 간은… 죽이든 말든 마음대로 해."

애기를 하고 있자니 망을 보던 소총수가 외쳤다.

"하늘에 켄코 보입니다! 목표 등장!"

주인은 입가에 섬뜩한 미소가 그리곤, 옆에 있던 모신나강 을 집어 들었다.

"얘들아 목표 왔다, 일 하러 가자. 빨리 끝내고 맥주 한 잔 해야지?"

⊕

초조하고 불편했다.

폐 안에 조그마한 돌멩이가 들어가 빠지지 않는 것 같다.

"나는 안 나는데, 진짜 화약 냄새 나?"

칼콘은 킁킁거리며 연신 머리 위로 물음표를 띄웠다.

분명 바람에 섞여 비릿한 화약향이 났다.

"그래."

"어떻게 할 거야?"

말 해봐야 믿지 못할 건 알았지만, 그렇다고 내버려 둘 수 도 없는 노릇이다.

당장 통신병에게 다가갔다.

"멈춰. 화약 냄새 난다."

"뭐라고요?"

화약 밭에 있으니 당연히 화약 냄새가 나지, 도대체 뭔 냄새가 나냐는 표정을 짓는 통신병이었다.

"미친 새끼야, IED(급조 폭발물) 냄새 난다고!"

"달리는 차 안에서 폭탄 냄새라뇨, 그게 뭔…."

고민할 것 없었다. 당장 차를 세워야 했다.

만약 차 세워서 폭발물이 발견되지 않았다면, 그냥 욕 한번 시원하게 먹으면 그만이다.

하지만 만약 실제로 있다면?

자칫 잘못하면 차량 째로 폭사할 수도 있었다.

"당장 차 세워 이 개새끼야!"

통신병의 멱살을 붙잡고 들어올렸다.

엄청난 힘에 통신병이 공중에서 버둥거렸다.

"아, 알겠습니다! 세우라고 할 테니까, 이것 좀 놔 봐요!"

치직.

- 여기는 풍뎅이 2호, 용병이 폭탄 있는 것 같다고 차 세우랍니다!

- 뭐? 폭탄? 무슨 소리야?

치직.

- 모르겠습니다! 막무가내입니다.

- 그 새끼 등급 뭔데?

- 알 수 없습니다!

- 안 돼. 개소리하지 말라고 해.

결국 소대장은 멈추라는 말을 무시했다.

대신 하늘에 있는 켄코에게 주변 정찰을 지시했다.

– 여기는 독수리, 여기는 독수리. 딱히 이상은 없다.

– 알겠다. 계획대로 진행한다.

멈추지 않겠다는 말에 지훈이 이를 꽉 깨물었다.

"뭐래?"

"그냥 간단다."

멈추라는 말이 무시됐다는 소식에 가벡, 민우, 칼콘 모두 염려하는 듯 했다.

"에이, 그냥 잘못 맡은 거겠지. 위에서 다 정찰하고 있는데, 뭔 일 있겠어?"

지훈도 꼭 그러길 기도했다.

⊕

주인은 농가 2층 창문에서 엎드려 켄코를 겨누고 있었다.

손가락 한 번에 전쟁이 시작된다고 생각하니, 묘한 흥분감이 들러붙었다.

치직.

– 내가 켄코 쏘면 10초 후에 폭파해.

– 알겠습니다. C4 폭파 준비 완료.

주인은 하늘을 쳐다봤다.

바람이 드센지, 구름이 빠른 속도로 움직이고 있었다.

주인과 켄코와의 거리는 약 1.5km.

현재 켄코의 이동속도 시속 50km.

관측수도 없는 상황인지라 거의 불가능에 가까운 저격이었다. 그럼에도 주인은 아랑곳하지 않았다.

'이능 발동.'

그의 손가락이 작게 진동했다.

시간이 느려지거나, 집중력이 강해지거나 하진 않았다.

'여기면 정확하겠군.'

– 탕!

대신 총알이 바람과 중력을 무시하고 직선으로 날아갔다.

⊕

상공 20M 지점.

켄코는 주변을 둘러봤다.

무전 때문에 퍽 신경 쓰였기 때문이었다.

공중에서 횡으로 한 바퀴 돌며 주변 360도를 둘러봤다.

그러다 문득 농가 2층에서 뭔가 반짝이는 걸 발견했다.

'스코프?'

켄코는 무전기를 들어 저격수의 존재를 알리려 했지만….

퍽!

지훈은 주변의 따가운 시선을 견디며 앉아있었다.

'그냥 기우인가?'

괜한 시체 구덩이 주인 말 때문에 신경이 날카로워 졌으려
니했다. 집에 가면 편히 쉬어야겠다, 라고 생각한 순간…

타- 앙!

"총성?"

"씨발, 어떤 새끼야!"

트럭 안이 아수라장으로 변했고,

퍽!

좌측면에 하늘에 있어야 할 켄코가 바닥에 처박혔으며,

"씨발! 이거 뭐야! 밟아! 빨리 밟아!"

콰아아아아앙!

정신 추스르기도 전에 엄청난 폭음과 함께 군인들이 탄 선
두차량이 폭발했다.

"아아아악!"

칼콘과 가벡은 다른 용병들처럼 어떻게 해야 고민하는 눈
치였고, 민우는 바닥에 엎드려 비명을 질렀다.

"뛰어 내려! 2차 폭발이 있을 수 있다!"

"응!"

"알겠다."

칼콘과 가벡은 명령이 떨어지자마자 트럭에서 뛰어내렸다.

반면 민우는 공포에 질렸는지, 바닥에서 오들오들 떨었다.

"뛰, 뛰어 내리라고요? 여기서?"

시속 70km 이상 밟는 차에서 뛰어내릴 경우, 재수가 없다면 뼈가 부러질 수도 있었다.

다리만 부러진다면 다행이지만, 낙법 잘못 쳤다간 구르는 와중에 사지의 뼈가 조각나거나 죽을 지도 몰랐다.

"일어나 새끼야!"

공포에 질린 상대에게 설명을 해봐야 먹힐 리 만무했다.

결국 지훈은 대답을 듣지도 않고 민우를 그대로 안고 트럭 밖으로 몸을 날렸다.

잠시 하늘에 붕 떠올라,

쿵! 하고 떨어져 대굴대굴 굴렀다.

하늘과 땅을 믹서기에 넣고 돌린 것 마냥 시야가 여러 번 돌았다. 그리고 그 사이로 뭔가 터지는 소리가 났다.

⊕

언더 다크의 일방적인 공세가 이어졌다.

시체 구덩이 주인의 켄코 저격을 시작으로, 이어 C4 격발로 앞쪽 트럭이 전복됐다. 이제 마무리만 하면 됐다.

언더 다크 측 기관총 사수가 방아쇠를 당겼다.

"크하하하! 죽어라!"

페체네그(PKM)가 불을 뿜으며 폭발 탄환을 토해냈다.

콰콰콰콰콰쾅!

융단폭격이라도 뿌린 듯 차량이 연이은 폭발에 휩싸였다.

10초도 안 돼는 시간 안에 두 기관총 사수는 40발의 마력 탄환을 모두 뿜어냈다.

발당 100만원을 호가하는 기관총용 탄환이니, 10초 만에 4000만원을 갈아버린 순간이었다.

치직.

— 폭발 탄환 소모 완료. 엄호 사격 개시. 돌진하라.

무전과 동시에 언더 다크 강습대가 달려 나갔다.

⊕

몇 바퀴나 굴렀는지 기억도 나질 않았다.

온몸을 사포로 문댄 것 같은 고통과 함께 토할 것 같은 어지럼증이 느껴졌다.

콰콰콰콰쾅!

그리고 얼마 못 가 트럭이 연이은 폭발을 맞아 휘청거리다 풀썩 쓰러졌다.

쿵!

'타고 있었으면 죽을 뻔 했다.'

계속 바닥에 누워 있을 수도 없었기에 재빨리 일어나 민우를 챙겼다.

"괜찮냐!?"

"죽은 것 같진… 않… 요."

타타— 탕탕타탕— 탕타탕!

민우가 뭐라 중얼거렸지만, 소음에 묻혀 들을 수 없었다.

"달려 새끼야!"

엉거주춤 일어난 민우의 손목을 잡고 전속력으로 달렸다.

고개를 돌리니 농가 쪽에서 인간들이 달려오는 게 보였다.

'시발, 저건 또 뭐하는 새끼들이야.'

통일된 의복 없이 들쭉날쭉한 옷을 입고 있는 걸 봤을 때 군대는 아니었다.

'뭐하는 새끼들인지는 모르겠지만, 날 바닥에 구르게 한 대가를 치르게 해주마!'

권능의 반지

71화. 습격(2)

NEO MODERN FANTASY STORY

현재 지훈과 민우는 평야에 몸이 노출 된 상태.

엄폐할 수 있는 트럭과는 거리가 꽤 있었다.

슉, 슈슈슈슉 슉!

미친 듯이 달리자 상대방도 지훈과 민우를 인식하고 총알을 갈기기 시작했다.

"아아아악! 어, 어떡해요!"

"멈추면 뒤진다. 달려!"

현재 적과의 거리는 약 500M 내외.

사람이 손톱처럼 보일 거리였다. 거기다 달리기까지 한다면, 명사수가 아니고서야 맞출 수 없는 게 정상이었다.

슉!

눈앞으로 총알이 지나가는 게 보였다.

위험하다고 느낄 세도 없었다. 단지 멈추면 맞는다는 생각 밖에 나질 않았다.

민우 역시 마찬가지였다.

무릎이 깨질듯이 아파왔지만, 지금 여기서 멈췄다간 죽을 것 같아 이를 악 물고 참았다.

그렇게 엄폐물로 쓸 수 있는 트럭을 약 50M 정도 남겨뒀을 때…

슈- 욱!

퍽!

지훈의 몸이 휘청거리더니 풀썩 쓰러졌다.

"혀, 형님!"

민우는 지훈이 총알에 맞은 걸 확인하고 바로 달려왔다.

"아아악, 이 개새끼들아!"

타타타타타타탕!

머리 위로 뜨거운 탄피가 쏟아져 내리는 걸 느껴졌다.

'뭐지?'

욱신!

무슨 일이 일어났는지도 몰랐다.

단지 배 왼편에서 고통이 느껴졌다.

총알에 맞은 것 같았다.

다행히 OTN 탄인지라 지훈의 방탄 코트를 뚫지는 못했지만, 그 운동에너지 까지 상쇄하진 못했다.

일반인이었다면 늑골이 나갈 중상이었지만, 저항을 올려놓은 까닭에 뼈가 부러지진 않은 것 같았다.

상황 파악이 완료되자 지훈은 그제야 민우가 자기를 막고 서있다는 걸 깨달았다.

'이 미친 새끼!'

가만히 서서 총을 난사하다니?

와서 지켜준 건 고마웠지만, 저렇게 서있어서야 과녁밖에 되질 않는다.

"엎드려 새끼야!"

설명할 것도 없이 바로 민우의 오금을 팔꿈치로 때렸다.

그러자 민우가 억 소리와 함께 무릎을 꿇었다. 지훈은 그 순간을 놓치지 않고 민우의 머리를 바닥에 처박았다.

"너 뭐하는 거야!"

"혀, 형님이 쓰러지셔서…."

"뒤지기 싫으면 이딴 짓 하지 마! 살리는 것도 능력돼야 살리지, 나란히 요단강 건널 일 있어!?"

다행히 상대방은 이쪽이 사살됐다고 판단했는지, 더 이상 총알이 날아오진 않았다.

"형님, 이제 어떡해요?"

"낮은 포복으로 기어가. 어차피 딴 놈들 많아서 우리 신경 안 쓴다."

머리 위로 총알이 오가는 전쟁터 속.

둘은 느린 속도로 엄폐물 까지 기어갔다.

"씨발, 저 새끼들 뭐야!"

"나도 몰라! 갈겨!"

트럭 뒤에 도착하자 용병들이 우왕좌왕 하고 있었다.

몇몇은 폭발에 휩쓸렸는지, 이미 시체가 된 이도 보였다.

"여, 여기는 풍댕이 2호. 대답하라 풍댕이 1호, 독수리!"

통신병은 무전기에 대고 끊임없이 소리치고 있었다. 지훈은 민우를 안전한 곳에 옮겨놓곤, 통신병에게 달려갔다.

"지원 요청해!"

"아…?"

통신병이 넋이 나간 표정으로 지훈을 올려다봤다.

"지원 요청 하라고 병신아!"

"소, 소대장님의 허가가 있어야…"

"다 뒤졌어. 앞차 걸레짝 된 거 보면 몰라!?"

통신병의 얼굴에 짙은 좌절과 함께 공포가 드리웠다.

"죄송합니다… 죄송합니다… 그 때 차 세웠어야 했는데… 저 때문에… 내가 전부 죽였어… 내가…"

어린 나이인지라 정신에 문제가 생긴 것 같았지만, 총알 날아오는 상황에서 달래주고 있을 수는 없었다.

"이 씨발 새끼가 진짜!"

개머리 판으로 통신병의 방탄모를 후려쳤다.

빽!

지훈은 이후 통신병에게 총을 겨눴다.

"아… 아?"

"뒤지기 싫으면 빨리 지원 요청해! 헬기 띄우라고!"

"여, 여기는 장수풍뎅이. 지금 공격받고 있다. 위치는 골든 하플링 농가!"

일을 하는 통신병을 뒤로하곤 칼콘과 가벡을 찾았다.

'빌어먹을 새끼들은 또 어디 있는 거야!'

진행 방향 쪽 차량 살펴보자, SUV 3대가 차례로 너부러져 있었다. 이번에는 반대쪽을 살펴봤다.

저 멀리 커다란 방패를 들고 있는 인영이 보였다.

"칼콘!"

⊕

팅! 티티티팅! 팅!

칼콘은 커다란 방패로 온몸을 엄폐한 상태였다.

이를 발견한 언더 다크 소총수가 사격을 실시했으나, D등급 방패를 뚫을 수 있을 리 만무했다.

지금 칼콘의 방패는 무게 따위 전혀 신경 쓰지 않고 있는 금속 죄다 때려 박아 만든 무식한 물건이었다.

동급 갑옷보다 훨씬 두껍기에 OTN 소총탄 가지고는 어림도 없었다.

"나오자마자 전투라니, 피가 끓는구나!"

가벡은 방패로 엄폐한 칼콘 뒤에 딱 달라붙어 있었다.

언제 죽어도 이상하지 않은 상황이었음에도, 가벡은 실성

한 사람처럼 웃었다.

"미친놈아! 곧 죽을 판국에 끓긴 뭐가 끓어!"

칼콘은 그런 가벡 때문에 화가 들끓었다.

몇 번 정도 총알을 막아내자, 더 이상의 사격은 없었다.

이에 가벡이 궁금했는지 고개를 살짝 내밀었다.

그리고 기관총 총구가 이쪽으로 향하는 걸 발견했다.

"야, 야. 칼콘. 큰 총이다. 큰 총 온다!"

"미친놈아, 뭐라는 거야!"

"자세! 자세! 자세!"

방패에 시야가 전부 가로막힌 터라 칼콘은 가벡이 뭘 봤는지는 알 수 없었다. 하지만 이 상황에 농담 던질 가벡이 아니었기에, 일단은 말에 따랐다.

칼콘이 움직임을 멈추곤 방패를 바닥에 내려놓았다.

뭐가 날아와도 버틸 수 있게, 몸과 어깨로 지탱했다.

쿵!

묵직한 소리와 함께 방패가 바닥에 들러붙었다.

그 모습이 꼭 벽이 생겨난 것 같았다.

"근데 큰 총이 뭐야?"

"누워서 쏘는 거 있다. 그거."

"기관…."

총 이라고 말하려는 찰나 엄청난 굉음이 휘몰아쳤다.

티티티티티티팅!

티티티티티티티티팅!

티티티티팅!

7.62mm짜리 탄두들이 미친 듯이 방패에 틀어박혔다.

"끄아아아아아!"

비록 지름 1cm도 안 돼는 작은 납덩이라고 한들, 1초에 10발 이상씩 날아오면 얘기가 달랐다.

칼콘은 온 몸이 끊어질 것 같은 고통에 비명을 질렀다.

"자세 잡아. 쓰러지면 둘 다 죽어!"

"못 버티겠어!"

"내가 뒤에서 밀어준다. 걱정하지 마라!"

"젠장!"

칼콘이 양 손을 가드하듯 올리고, 오른발은 뒤로 쭉 빼서 버티기 시작했다. 이에 가벡은 조금 물러나 칼콘의 어깨를 세게 밀었다.

칼콘 혼자서 감당할 때는 너무나도 힘들었던 충격이 가벡이 합류하자 버틸만한 수준으로 줄었다.

티티티티팅!

티티티팅!

팅!

대충 90발 이상 받아내고 나서야 총격이 멈췄다.

"재장전 하나 봐! 움직인다!"

칼콘은 바로 알아채곤 방패를 들어 올렸다.

몇몇 소총탄이 날아와서 박혔지만, 움직임을 방해할 수 있을 정도는 아니었다.

그렇게 총알을 막아가며 게걸음질 치길 5분.

칼콘과 가벡도 트럭 뒤로 도착할 수 있었다.

"칼콘, 가벡! 무사하냐?"

트럭 너머로 사격을 하던 지훈이 칼콘을 발견하고 외쳤다.

"다행히 다친 곳은 없어!"

"근데 도대체 무슨 일이야?"

"화력 수준 봐서는 그냥 강도는 아니다."

습격을 받는 와중에도 적의 정체를 모르니 답답했다.

하지만 지금은 그게 중요한 게 아니었다.

'교수는?'

만약 교수가 죽는다면 의뢰비를 받을 수 없었다.

이딴 개고생 하고 돈까지 못 받는다?

절대 안 됐다.

다행히 교수는 장갑 처리된 SUV 뒤에서 주저앉아 있었다.

그냥 둬도 될까 싶었지만, 옆에 보디가드가 둘이나 붙어 있
었기에 내버려 둬도 무방해 보였다.

'좋아… 그럼 일단 저 또라이 새끼들부터 처리하자.'

지훈은 바닥에 엎드린 뒤 대굴대굴 굴러 평야로 나갔다.

만약 일반적인 옷을 입고 있었다면 훤히 보였을 행동. 하지
만 지금 입고 있는 방탄 코트는 위장 도색이 된 상태였다.

멀리서는 바람에 풀이 흔들린 것으로 밖에 보이질 않겠지.

은폐를 완료한 빈토레즈를 꺼내 들었다.

유효사거리 600M.

E등급 아티펙트까지 관통하는 9X39mm OTN 아음속탄.

명중률을 엄청나게 향상시켜주는 집중 이능.

위급시 도망칠 수 있는 가속 이능.

이 모두가 합쳐져 지훈에게 엄청난 힘을 선사했다.

'역공의 순간이다.'

퓨슝!

지훈이 방아쇠를 당긴 그 순간!

공수가 변경됐다.

⊕

[현재 상황]

언더 다크는 폭발물을 다 사용한 뒤 전면전을 개시.

호위 일행은 쓰러진 차량을 엄폐물로 삼아 반격 중.

호위 일행 생존자 : 19명 (26명 사망)

사망 명단 : 켄코 포함 풍댕호 1호 전원(19명) 사망.

　　　　　 풍댕호 2호에 타고 있던 용병 5명 사망.

　　　　　 SUV 호위 2명 사망.

각성자 현황 : 지훈, 가벡 외 4명

연구팀 생존자 : 교수 생존. 나머지는 알 수 없음.

언더 다크 생존자 : 24명 (2명 사망)

사망 명단 : 소총수 2 명

각성자 현황 : 시체 구덩이 주인 외 5명

현재 전력 : 호위팀 19 : 언더 다크 24.

정정.

사망자 발생.

언더 다크측 생존자 23명.

＋

퓨슝!

빈토레즈 총알이 순식간에 평원을 가로질렀다.

아음속이기에 바람을 찢는 소리 따윈 나지도 않았다.

매우 조용하게. 하지만 확실하게.

상대방의 숨통을 끊을 뿐이었다.

"하하하 죽어라!"

상대는 소총수였다.

AK로 보이는 물건을 난사하고 있었다.

'언더 다크도 나쁘지 않은데!?'

현재 그는 언더 다크에 돈을 빌렸다가, 막대한 이자를 감당
하지 못한 상태였다. 언더 다크는 빚 변제를 조건으로 습격에
그를 끌어들였다.

처음에는 위험한 냄새가 나서 꺼려졌지만, 일방적으로 공격하는 상황이 되자 기쁘기만 했다.

'그래. 솔직히 정부가 나한테 해준 게 뭐가 있어! 좆이나 까라 그래!'

하지만 그것도 잠시.

픽!

뭐에 맞았는지도 모른 채 바닥에 픽 쓰러졌다.

"형씨. 저거 뒤졌는데?"

"병신, 내가 방탄모 쓰라고 몇 번을 얘기했는데."

"멋 부리다 훅 갔나보네."

동료가 죽었음에도 아무도 신경 쓰지 않는 것 같았다.

애초에 같은 팀도 아니었고, 각자 다른 이유로 뭉친 녀석들이었다. 전우애 따위 있을 리 없었다.

방탄모를 쓴 소총수가 엄폐물 밖으로 총을 겨눴다.

지훈은 방금 쓰러진 녀석 옆으로 다른 놈이 고개를 내미는 걸 확인했다. 튀어나온 머리의 반 이상이 방탄모로 덮여 있었지만, 상관없었다.

'방탄모 째로 뚫어주마.'

굉장히 먼 거리라 스코프로 봐도 손톱만큼 작게 보였다.

조금만 실수해도 맞지 않는 거리.

하지만 못 맞출 거란 생각은 하지 않았다.

집중 이능 따위 필요도 없었다.

'바람 동풍. 세기 약함. 거리 500.'

목표보다 조금 더 상단 우측을 겨냥한 뒤…

퓨슝!

1초, 2초, 반.

방탄모를 쓰고 있던 남자가 그대로 나무토막처럼 쓰러졌다.

'자 다음은 누구냐.'

✧

주인은 그저 가만히 지켜보기만 했다.

"너 안 쏘신다. 나 이유 모른다."

그 모습을 조용히 지켜보던 스프리건이 입을 열었다.

"그냥. 아는 사람을 지켜보고 있어."

"왜 죽이지 않으신다?"

"그냥. 난 저 녀석이 좋거든."

어차피 주인은 습격 성공여부와 상관없이 돈을 받을 수 있었기에, 이 싸움에 큰 관심이 없었다.

어느 정도 열심히 했다는 모습만 보여주면 됐다.

"나 언제 나가면 되시냐?"

스프리건이 나지막이 물었다.

"기다려. 이제 곧 지루한 탄막전이 끝날걸. 그럼 돌격병이랑 각성자들이 흙탕물 싸움을 시작할거야."

"잘 아시겠다."

주인은 다시 스코프로 눈을 옮겼다.

빈토레즈로 저격하는 지훈의 모습이 보였다.

권능의 반지

72화. 반격

NEO MODERN FANTASY STORY

누군가 총을 겨누고 있는 것 같은 섬뜩한 감각.

그럼에도 주변에 위험해 보이는 사람은 아무도 없었다.

'기분 탓인가.'

약 10분 남짓한 시간동안 총격전이 계속됐다.

슬슬 양측 다 총알이 떨어져 갔기에 총성이 드문드문 해졌지만 안심할 순 없었다.

조금만 몸을 내놓아도 귀신같이 저격당했기 때문이었다.

전투가 소강상태로 접어들었기에, 지훈도 슬슬 몸을 움직여 트럭 쪽으로 돌아왔다.

"어떡하지?"

사격에 능숙하지 못한 칼콘은 발만 동동 굴렀다.

"지원 요청 했으니까 아마 헬기 띄웠을 거야. 시간만 끌어도 우리가 이긴다."

맞는 말이었다.

지금으로썬 호위 측이 매우 불리한 싸움이었지만, 지원이 도착하면 모두 끝낼 수 있었다.

헬기가 공중에서 기관총만 쏴도 강력한데, 미사일까지 탑재하고 있으니 개미 싸움에 말벌 같은 존재였다.

하지만 그 사실을 저쪽도 모르진 않았다.

거리상 아무리 헬기가 빨리 도착한다고 해도 약 1시간.

언더 다크는 무조건 그 전에 이 일을 끝내야 했다.

치직.

– 엄폐하고 있던 짚단을 굴리며 전진하라.

현재 언더 다크는 골든 하플링들이 쌓아놓은 짚단에 엄폐하고 있는 상태였다.

아무리 짚단이라지만, 지름 2M에 너비 1M 정도로 거대하면 소총탄 따윈 아무렇지도 않게 막아 낼 수 있었다.

게다가 둥그렇게 말려있어 밀면서 전진하기도 수월했다.

"개새끼들! 짚단 밀고 전진하고 있어! 어떡하지?"

호위 일행이 술렁거렸다.

이대로 있다간 바로 눈앞까지 접근을 허용하게 될 터였다.

"씨발 기다리다 죽으나, 나가서 죽으나!"

어느 용병이 엄폐물 밖으로 나가 짚단을 갈겼지만, 소총 가지곤 두꺼운 짚단을 뚫을 수 있을 리 만무했다.

지훈 역시 애가 탔다. 평원이라 도망칠 수도 없었고, 그렇다고 전진을 막을 뚜렷한 수도 없었다.

폭발탄환을 써봤지만 막을 순 없었다. 잠시 주춤거리기만 할 뿐이었다. 여러 발 쏟아 부으면 모를까 무리였다.

관통탄도 마찬가지였다. 짚단 뒤 누가 어디에 숨어 있는지도 몰랐고, 탄환도 겨우 20발이었다.

결국 속수무책으로 10M 까지 접근을 허용했다.

언제 적이 들이닥칠지도 모르는 상황에서 신경만 곤두세우고 있길 약 120초.

휘익- 톡.

토르르르…

용병 사이에 섬광탄이 떨어졌다.

'이런 씨발!'

이쪽에서 쓸 때는 참 편리했던 물건이, 상대방이 쓰자 미친 듯이 짜증나는 물건으로 변했다.

"귀 막고, 눈 감고, 입 벌리고, 엎드려!"

퀴피이이이이잉!

엄청난 소음과 함께 강한 빛이 뿜어져 나왔다.

"아아아악!"

섬광탄 바로 옆에 있던 용병이 비명을 질렀고, 그 비명을 신호로 샷건을 든 돌격병이 나타났다.

"죽어!"

탕!

섬광탄에 정신이 없던 용병이 피를 뿜으며 쏟아졌다.

돌격병은 이후 다시 트럭 사각으로 돌아가더니….

휘익– 톡. 토르르르….

교수가 없는 걸 확인했는지 이번엔 수류탄을 던졌다.

'이런 미친!'

섬광탄에 정신없는 사이 저게 터졌다간, 전원 사망할 게 분명했다. 절대로 터지게 놔둬선 안됐다.

"씨발!"

언제 터질지 모르는 상황. 가속 이능을 활성화 시켰다.

갑자기 온 몸에 피가 빠르게 뛰는 듯 한 착각!

지훈의 몸이 쏜살같이 움직이더니, 바닥에 떨어진 수류탄을 그대로 걷어 차 버렸다.

빡!

"고개 숙여, 새끼들아!"

지훈의 말을 들은 칼콘은 재빨리 정신을 차리곤, 바로 용병들 앞을 방패로 가로막았다.

쒜에에엑–

발에 차인 수류탄은 트럭 끄트머리로 날아갔다.

침투조가 숨은 곳 바로 앞이었다.

'이게 왜 여기에…!'

수류탄을 확인한 녀석들은 바로 엎드리려 했지만…

애석하게도 수류탄이 터지는 게 더 빨랐다.

콰아앙!

트럭 모서리 건너편에 있던 적들이 육편이 됐다.

지근거리 위협이 사라졌기에, 이제 역공을 할 수 있는 찬스가 온 것이었다.

그나마 다행이라는 건 적이 먼저 다가와 줘서 이쪽도 적과 가까워 졌다는 것 정도였을까?

만약 거리가 500M라면 도착하기 전에 벌집이 됐겠지만, 30M 내외라면 충분히 다가갈 수 있는 거리였다.

'어떡하지.'

현재 상태라면 총알을 맞아도. 죽지는 않겠지만, 쓰러진다.

만약 쓰러진 상태에서 집중 포화를 받거나, 샷건 슬러그 탄 따위를 맞았다간 어떻게 될 지 아무도 몰랐다.

'일단 조심하는 쪽으로 간다. 아직 전부 견딜 수 있을 정도는 아니야.'

이동할 수 있는 엄폐물이 필요했다.

"칼콘! 방패!"

"알겠어!"

지훈의 부름에 칼콘이 다가와 방패로 엄폐물을 만들었다.

"앞으로 이동해. 측면은 내가 처리한다."

방금 한 무리가 육편이 됐으니 이제 남은 적은 18명 즘.

일제히 돌격한다면 역전할 수 있었다.

"우리가 먼저 가서 주의를 끌 테니까, 적당히 눈치보다 돌격해! 알았냐!"

용병들이 웅성거렸으나, 그들도 가만히 있어봐야 사냥 당한다는 사실을 알고 있었다.

"형님 저는요!?"

민우가 어찌해야 할까 모르는 얼굴로 물었다.

"너는 가서 교수 보호해. 나가봐야 죽는다."

"알겠습니다!"

이후 가벡에게도 명령을 내릴까 싶었지만, 어차피 저쪽은 숙련된 전사였다. 알아서 잘 할게 분명했다.

"가자!"

지훈은 돌 피부 마법을 걸곤 칼콘 뒤에 바짝 달라붙었다.

티티티티팅!

경계사격이 날아왔지만 전부 방패에 박혀버렸다.

장갑이 3cm도 넘는 D등급 금속 덩어리였다. 중화기를 가져오지 않는 이상에야 뚫을 수 있을 리 없었다.

게다가 칼콘이 현재 입은 갑옷도 D등급 아티펙트였다.

집중 포화를 맞아 방패를 잃는다고 해도 쉬이 목숨을 잃을 리 없었다.

"계속 가?"

"쟤네 엄폐물까지 이동해. 이후 난전에 돌입한다."

"알겠어!"

적들은 계속해서 칼콘에게 총을 갈겼지만, 단 한발도 방패를 뚫지 못했다.

휘익- 톡.

그러던 와중 수류탄이 날아와 방패에 부딪쳤다.

"수류탄이야!"

총알도 뚫지 못하는 장갑을 수류탄으로 뚫을 수 있을 리 만무했지만, 걱정스러운 부분이 하나 있었다.

바로 폭발이었다.

아무리 장갑이 뚫리지 않는다고 한들, 힘에 못 이겨 넘어진다면 제압 될 가능성이 있었다.

"뒤에서 민다. 버텨!"

지훈 역시 그 사실을 알았기에 칼콘을 세게 밀었다.

콰앙!

바로 앞에서 수류탄이 터졌음에도 칼콘은 쓰러지지 않았다.

단지 약간 흔들린 게 다였다.

"저거 뭐야. 뭐 저딴 새끼가 다 있어!"

총격을 버티고 있는 이쪽도 힘들었지만,

공격하고 있는 언더 다크 입장도 죽을 맛이었다.

병력 대부분이 일반인인 언더 다크 측은 조금이라도 접근을 허용하면 안됐다.

각성자나 아티펙트 유저(비각성자지만 고등급 아티펙트로 무장한 자)에게 일방적으로 사냥당하기 때문이었다.

그런 상황에서 칼콘이 방패를 앞세워 밀고 들어오니, 점점 구석에 몰리는 기분이었다.

"각성자! 각성자 어디 있어!"

언더 다크 소총수가 희번덕거리며 외쳤다. 그에 뒤에 있던 남자가 씩 웃었다.

"기다리다 지쳤다고. 이제야 내 차례가 온 건가?"

방탄복이 아닌 가벼운 가죽 갑옷에 단검을 든 남자였다.

"빨리 가서 어떻게 좀 해봐!"

"이 몸이 전부 처리해주지. 얌전히 기다리기나 해라!"

언더 다크 각성자가 쏜살같이 튀어나갔다.

그는 다른 능력치는 전부 낮았지만, 특이하게 민첩 능력치만 높은 독특한 각성자였다.

'총알 따위 가볍게 피해서 목에 칼을 박아주마!'

그는 이런 지근거리에서 단 한 번도 총알에 맞아본 적이 없었다. 언더 다크 각성자는 이번에도 그러리라 믿어 의심치 않고, 달려 나갔다.

쑤욱- 타타타탓!

"우악! 저거 뭐야! 빨라!"

칼콘이 비명을 질렀다.

앞이 보이지 않았음에도 각성자가 튀어 나왔음을 알 수 있었다. 지훈이 과감하게 옆으로 몸을 날렸다. 그와 동시에…

'이능 발동. 집중.'

몸이 붕 뜬 상태 그대로 시간이 느려졌다.

마치 무중력 공간에 있는 것 같았다.

'저 녀석이 각성자인가.'

지훈은 현란하게 움직이는 녀석을 발견했다.

이능 미발동 상태였다면 동체 시력으로 쫓지 못했겠지만, 지금은 달랐다. 움직임이 하품 나올 정도로 느려 보였다.

현재 적은 지그재그로 움직이며 접근하는 상황.

아마 동선을 무작위로 움직여 적에게 혼란을 주려는 것 같은 시도였으나, 안타깝게도 지훈에겐 통하지 않았다.

'좌, 우, 좌, 우.'

지훈은 녀석의 리듬을 읽은 뒤…

퓨슝!

빈토레즈의 방아쇠를 당겼다.

퍽!

결과는 깔끔하게 명중.

우악스런 9x39mm짜리 OTN 탄두가 갑옷 째로 적을 관통해 버렸다. 언더 다크 각성자의 눈동자가 부풀어 올랐다.

'어, 어떻게!'

무슨 일인지 이해하고 싶었지만, 안타깝게도 더 이상 그에게 남은 시간은 없었다.

힘을 잃어 관성에 따라 그대로 돌진한 각성자는 그대로 칼콘의 가시 방패에 들이 받혔다.

"꺼져!"

빽!

칼콘이 온몸으로 방패를 휘두르자 각성자가 온몸에서 피를 뿜으며 날아갔다.

그 사이 지훈은 재빨리 칼콘 뒤로 돌아가 숨을 골랐다.

"허억… 허억…."

"괜찮아?"

"조금만 있으면 괜찮아 져. 신경 쓰지 말고 전진해."

마지막 방어수단이었던 각성자가 당했기 때문일까?

짚단 뒤에 숨어있던 녀석들이 전부 도망쳤다.

'그딴 짓 벌여놓고 살아 돌아가려고? 우습군.'

퓨슝 퓨슝 퓨슝!

녀석들은 전부 등에 탄환을 맞고 쓰러졌다.

지훈은 그렇게 짚단 하나를 소탕한 뒤 다음 짚단으로 향했다.

한편, 가벡과 민우는 교수 옆에 찰싹 달라붙었다.

"괜찮아요?"

"이, 이게 도대체 어떻게 된 일입니까?"

"저도 잘 몰라요. 일단 여기에 숨어 계세요!"

민우는 교수를 진정시킨 후 앞을 내다봤다.

계속해서 전진하진 않았지만, 여전히 거리를 지키며 총을 쏴대고 있었다.

'어떡하지?'

능력만 됐다면 민우도 지훈처럼 달려 나가고 싶었지만, 안타깝게도 그는 비각성자였다.

괜히 영웅 흉내를 냈다간 수명만 짧아질 뿐이었다.

"가벡! 이럴 땐 어떡해?"

"기다려라. 적이 강할 땐 몸을 웅크리고 있어야 한다."

"아까도 이렇게 기다리다가 섬광탄 맞았잖아!"

"조용히 해. 소리 듣는데 방해된다."

민우는 이 상황에 눈을 감고 있는 가벡을 보곤 속으로 욕지거리를 내뱉었다.

'나라도 뭔가 해야 돼!'

어디서 어떤 방법으로 공격받아도 반응할 수 있게끔 신경을 곤두세웠다.

틱!

그리고 그 순간!

미세한 소리를 감지한 가벡이 눈을 부릅떴다.

휘이이익!

뭔가가 바람을 타고 날아오기 시작했다.

섬광탄이었다.

'이걸 기다렸다. 멍청한 인간들.'

가벡이 순식간에 몸을 일으키며 검을 꺼냈다.

그리곤 검을 90도 꺾어 그대로 야구하듯 섬광탄을 검면으로 쳐버렸다.

깡!

시원한 안타!

이쪽으로 던졌던 섬광탄은 정확히 짚단 뒤에 떨어졌다.

콰— 앙!

"어떻게 하냐고 물었던가? 따라와."

가벡은 그렇게 말하곤 짚단 쪽으로 달려 나갔다. 그런 그의 얼굴에 섬뜩한 미소가 그려져 있었다.

"전쟁! 나는 전쟁이 좋다! 내게 명예로운 죽음을 달라! 내 영혼은 죽어서도 위대한 신들의 전쟁터에 있을지어다!"

"미, 미친 새끼가 뭐라는 거야! 죽지 마!"

민우는 그런 가벡 뒤를 전속력으로 쫓아갔다.

권능의 반지

73화. 빛

NEO MODERN FANTASY STORY

버스 뒤에 갇혀 죽을 뻔했다는 분노와 복수심에서였을까?

호위팀은 파죽지세처럼 나아갔다.

지훈이 앞서 나간 후 용병들이 일제히 돌격했고, 그 결과 많은 짚단들을 무력화 시킬 수 있었다.

이제 남은 짚단은 단 하나였다.

⊕

그 모습을 지켜보던 스프리건이 물었다.

"너. 어떻게 하실 거냐. 나. 계속 있으시냐?"

"소모 병력을 보내고 나서 너와 내가 마무리 하려고 했지만, 안되겠어."

생각 의외로 지훈 일행의 힘이 너무 강력했다.

'각성했다고는 들었지만, 이정도 일 줄은 몰랐네.'

강해 봐야 E등급 남짓이라고 생각했거늘, 상상 이상이었다.

'아무리 낮게 잡아도 D, 높으면 B등급 정도일까?'

현재 지훈은 혼자서 짚단 두 개를 쓸어내는 중이었다.

'역시 칼콘은 싸움꾼보다는 병사 체질이구나.'

둔하기 때문에 혼자서는 할 수 있는 게 거의 없었지만, 누군가를 지켜주는 데엔 탁월한 힘을 발휘했다.

'전직 카즈가쉬 클랜의 가디언답네.'

반면 지훈은 굉장히 날쌨지만 방어에는 취약했다.

오랜 기간 암살자 내지 해결사로 움직였기에 지구력이 필요한 다수전에는 어울리지 않는 사람이었다. 아마 혼자서 움직였다면 금방 지쳐서 사살 당했을 가능성이 높았다.

하지만 칼콘이 바싹 달라붙어 방어해 줌으로써 지훈은 계속해서 힘을 발휘할 수 있었다.

'역시 칼콘은 방해만 되는 걸까?'

주인은 총구를 칼콘의 얼굴로 향했다.

방탄모로 방어할 수 없는 부분이었다.

손가락을 방아쇠에 걸고 이능을 발동하려는 찰나!

총을 거둬버렸다.

'그만 두자.'

아무리 좋은 식재료라고 한들, 섣불리 조리하면 그 맛을 잃어 인스턴트만도 못해지기 마련이었다.

'칼콘을 죽여 봐야, 지훈이 내 아래로 들어온다는 보장도 없어. 그냥 조금 더 기다리자.'

최상급 재료로 쓰레기를 만들 수는 없는 노릇 아니던가.

"적당히 지켜보다가 돌아갈 거야. 알아 둬."

"너. 명령 불이행 하셨다. 고발한다."

"마음대로 해. 난 못이길 싸움에는 끼기 싫어."

"아니다. 이길 수 있다. 상부. 비밀요원 넣었다."

주인이 얼굴을 찌푸렸다.

"지금 그거. 무슨 소리?"

"A급 발현계 각성자. 여기 있다."

A등급 각성자라면 언더 다크에도 몇 없는 간부였다.

주로 요인 암살 혹은 다른 세력을 굴복시킬 때 행동하는 이들로, 엄청난 무력을 바탕으로 상대를 짓밟았다.

"누구!"

"나 잘 모른다. 검은 흑인. 불 다룬다고 했다."

생각나는 이름이 딱 하나 있었다.

폭파광, 파이로.

✦

"씨발, 씨발, 씨발! 어떡하지!"

차례로 격파당한 공포심에서였을까?

소총수 하나가 손톱을 씹었다.

'언더 다크랑 계약하는 게 아니었어. 돈 많이 준다고 했을 때 알아봤어야 했는데!'

전력 차이로 봤을 때 이길 수 있을 가능성은 적었다.

침투조 중 남은 인원은 겨우 다섯.

거기다 각성자는 하나밖에 없었다.

'이게 전부 저거 때문이야!'

소총수는 느릿느릿 다가오는 가시벽을 쳐다봤다.

가시벽이 나타난 후 일방적이던 공세가 단숨에 기울었다.

'항복하자! 항복하면 살려줄지도 몰라!'

소총수는 바로 총을 집어 던지고는 양손을 머리 위로 올리고 짚단 밖으로 걸어 나갔다.

"항복! 항복!"

상대가 정부였기에 항복한 자는 죽이지 않을 거라 생각했다.

게다가 자초지종을 설명할 누군가도 필요하지 않던가?

"지훈, 저거 어떡해? 항복하나 본데?"

"다짜고짜 폭탄 날려놓고 항복? 좆이나 까 잡수라 그래."

퓨슝!

소총수가 쓰러졌다.

항복하러 갔던 소총수가 쓰러지자 짚단 뒤가 아수라장으로 변했다.

"이건 못 이겨. 난 여기서 죽기 싫어!"

한 돌격병의 이탈을 시작으로, 남은 인원이 모두 도망쳤다.

상황에 어울리지 않게 운동복을 입고 있던 흑인은, 그런 침투조를 한심하다는 듯 쳐다봤다.

"Pathetic motherfuckers(한심한 새끼들)."

가시벽 뒤에 실력 좋은 사수가 있어 얼마 못가 총 맞고 죽을 터였지만, 흑인은 내버려 둘 생각이 없었다.

"Let 'em burn(불타라)."

정확하게는 쉽게 죽게 내버려두고 싶지 않았다.

"Invoke power, flame(이능 발동, 화염)."

화르르르!

흑인, 아니 파이로의 말이 끝나자마자 그의 손에 시퍼런 화염이 솟아났다.

"Invoke power, throwing flame(이능 발동, 화염 투사)."

이능 발동과 동시에 시퍼런 화염이 침투조에게 달려들었다.

"아아악!"

갑자기 원인 모를 불에 휩싸인 침투조들은 바닥을 굴렀지만, 이상하게도 불이 꺼지질 않았다.

* (이하 편의를 위해 파이로 대사를 한글로 표시합니다.)

"저 새끼들 왜 저래. 쟤네 소이탄도 쏴?"

지훈은 방패 너머로 침투조가 불타는 걸 바라봤다.

헌터와 전쟁 때문에 아무리 무기 관리 개판이 됐다고 한들, 소이탄까지 시중에 막 나돌아 다닐 정도는 아니었다.

그나마 비슷한 걸 구해봐야 해봐야 일반 산탄 탄환인 '드래곤 브레스'였다.

해당 탄은 셸 내부에 쇠구슬 대신 인화성 금속 분말을 넣은 탄환인데, 발사 시 불붙은 금속 덩어리들을 내뱉었다.

'드래곤 브레스라기엔 화력이 너무 강하다. 게다가 색깔로 봐선 화염 방사기도 아냐.'

푸른색 불꽃은 완전 연소시 나타나는 고온의 불꽃이었다.

석유에 타르나 고무 등을 섞는 화염 방사기로는 절대 낼 수 없는 색이었다.

'뭐지?'

섬뜩한 기시감이 스쳐지나갔다.

그리고 그 순간…

– 전방 방출계 이능 사용 감지.

– 주의하십시오!

속삭이는 듯 한 소리와 함께 푸른색 불꽃이 달려들었다!

"전방 불꽃! 막아볼게!"

업화를 연상시키는 푸른 불꽃이 칼콘을 덮쳤다.

화르르륵!

불덩이인 만큼 저지력은 전혀 없었다. 대신 벽에 부딪히자마자 순식간에 퍼져 방패를 통째로 삼켜버렸다.

몸에 닿지 않아 직접적인 피해는 없었지만, 문제는 불이 들러붙어 떨어지지 않는다는 거였다.

현재 장비는 금속 기반으로 화염저항 없는 물건!

결국 얼마 지나지 않자 살이 익을 정도로 뜨거워졌다.

"으아아아! 뜨거워!"

"그냥 놔! 이제 얼마 안 남았으니 갑옷으로 버텨!"

"지훈은!"

"난 알아서 피할 테니까 걱정하지 마!"

"조심해!"

칼콘은 말을 마치자마자 팔과 이어진 방패 연결고리를 풀었다. 제 무게를 이기지 못한 방패가 바닥에 고꾸라졌다.

쿵!

"내 불꽃을 막다니. 제법인데?"

파이로는 그 모습을 조용히 지켜보며 웃었다.

언제 총알이 날아올지 모르는 전장에 있음에도, 퍽 여유로워 보였다.

태도에서 뭔가 위험한 냄새를 감지한 지훈이 총을 겨눴다.

저쪽에서 먼저 말을 꺼낸 걸로 보아, 대화를 건네면 받아줄 것처럼 보였다.

"뭐하는 새끼냐."

"곧 죽을 사람이랑 얘기해서 뭐해."

"맞는 말이다. 시체가 될 놈이랑 대화할 필요 없지."

매번 그랬듯, 오래 얘기할 생각은 없었다.

단지 파이로가 입을 여는 틈을 기다렸을 뿐이었다.

"당연…."

퓨슝!

빈토레즈 탄환이 파이로의 향해 날아갔다.

심장을 향한 매서운 일격!

– 이능 발동, 위기대비 : 불꽃 방패.

하지만 갑자기 파이로의 몸 주변에 푸른 불꽃이 솟아났다.

화르르륵!

이에 녹는점이 낮은 OTN(오스테나이트)는 너무나도 쉽게 녹아버렸다.

철퍽!

파이로의 가슴엔 녹아내린 오스테나이트가 묻은 게 다였다.

"좋은 시도야. 싸움 좀 할 줄 아는 친군데?"

파이로가 피식 웃으며 농을 던졌지만, 지훈은 대답하지 않았다. 대신 조종간을 연사로 놓고 그대로 갈겼을 뿐이었다.

표표표표표표표표폭!

– 이능 발동, 위기대비 : 불꽃 방패.

풀 오토로 갈겼음에도, 모든 총알이 녹아내려 버렸다.

"동양 친구! 그런 작은 탄환으론 날 건들 수 없어."

탄두가 닿지도 않는다?

상식을 비트는 압도적인 힘에 아무 생각도 나질 않았다. 마치 뇌가 하얗게 방전된 것 같았다.

그 사이 파이로는 주머니에서 주섬주섬 뭘 꺼냈다.

갈색 점토처럼 보이는 물건. IED(급조 폭발물)였다.

"미안한데, 내가 좀 바빠. 빨리 끝내자."

파이로가 폭탄을 집어 던졌다.

굳어있던 머리가 순식간에 비명을 질렀다.

저건 맨 몸으로 막지 못한다.

도망쳐!

"이런 쌍!"

화약 덩어리가 포물선을 그리며 지훈에게 날아왔다.

파이로가 작게 웅얼거렸다.

– 이능…

위험하다.

저 화약덩이가 눈앞에서 폭발하는 순간, 압도적인 운동에 너지를 이기지 못하고 사지가 뜯겨져 나갈 게 분명했다.

– 발동…

재빨리 가속을 발동해도 미친 듯이 달렸다.

타타타타탓!

– 점화.

날아가던 IED위에 조그마한 불꽃이 일렁이는 듯싶더니…

눈앞에 커다란 그림자가 드리웠다.

'칼콘!?'

방패를 버린 까닭에 맨몸이었다. 아무리 갑옷을 입은 상태라고 한들 폭발까지 완벽하게 막아낼 순 없을 터.

'이 미친 새끼가!'

눈이 뽑혀져 나올 정도로 놀랐다.

반면 칼콘은 예상했다는 듯 픽 웃었다.

'이번엔 절대 소중한 사람이 죽게 내버려 두지 않을 거야.'

"지훈. 오래 살아 남…."

콰쾅!

칼콘이 거센 화마에 휩싸였다.

✧

콰— 쾅……!

마지막 짚단을 청소하고 있던 민우가 고개를 돌렸다.

멀리서 커다란 폭발이 일어났다.

"야, 야. 가벡! 저거 뭐야!"

"나 바쁘다. 말 걸지 마라."

가벡은 한참 확인사실을 하는 중이었다. 민우는 그런 가벡
을 발로 차버렸다.

"지금 그딴 게 중요한 게 아니라고! 저기 봐봐! 지훈형님
있던 곳 아냐?"

민우는 안경을 다시 써보기도 하고, 눈도 찌푸려 봤지만 누
가 있는지는 알 수 없었다.

지훈이라는 말에 가벡이 그제야 하던 일을 멈췄다.

"뭐? 지훈?"

가벡이 고개를 휙 돌려 폭발장소를 쳐다봤다.

칼콘과 지훈이 쓰러져 있었다.

타타타탓!

말할 것도 없이 달렸다.

'아직 살아있다면 구해 와야 한다.'

폭발이 있었다면 후속 공격을 대비해 조심해야 했지만, 가벡은 그런 것 몰랐다. 총알이 날아오면 피하면 된다고만 생각했을 뿐이었다.

"야, 야! 같이 가!"

민우가 뒤따랐다.

❖

귀에서 이명이 들렸다.

머리가 깨질 듯 아팠다.

코가 뜨뜻했다. 피가 흘렀다.

"아…."

무슨 일이 있었는지 잠시 아무것도 생각나지 않았다.

1초.

2초.

몸이 무겁다는 것을 느낀다.

뭔가에 깔려 있다는 걸 깨달았다.

"칼콘?"

칼콘이다.

얘가 왜 여기 있지?

이해가 되질 않는다.

– 콰쾅!

기억을 훑자 무슨 일이 일어났는지 떠오른다.

"아, 아아아… 아악!"

믿을 수 없는 일에 비명을 지른다.

애써 일어나 칼콘을 흔든다.

반응이 없다.

죽었나?

부정했다.

있을 수 없다.

함께 수없이 많은 전장을 함께했다.

언제나 죽는 건 적이었다.

아군이 당하는 것 따위 꿈에도 생각해 본 적 없었다.

그래.

거짓말이다.

잠깐 기절한 거다.

폭발에 휘둘렸는데 어떻게 시체 이렇게 얌전해?

폭탄은 가짜다.

이능도 거짓말이다.

그냥 밀려 난거다.

잠깐….

잠깐 정신을 잃은 거다.

"일어나, 개새끼야. 장난질 그만 치고 일어나라고."

있는 힘껏 칼콘을 붙들고 흔든다. 이상하게 가벼웠다.

슬쩍 훑으니 왼팔과 왼다리가 없다.

세상이 돌았다.

눈을 어디다 둬야 할지 몰랐다.

지진이라도 난 듯, 시야가 흔들린다.

이윽고…

시야가 하얗게 점멸된다.

– 나는 지훈한테 목숨 2개 빚졌어. 언젠가 갚을 거야.

– 절대로 지훈을 죽게 내버려 두지 않아.

혼란스러운 머리 사이로 칼콘의 모습들이 투영된다.

시야가 흐려졌다. 눈물이 나왔다.

그리고 눈물에 섞여, 붉게 물든 분노도 함께 흘러나왔다.

권능의 반지

74화. 결전

NEO MODERN FANTASY STORY

한편 파이로는 그 모습을 영화 보듯 지켜봤다.

'이 얼마나 아름다운 전우애인가?'

비명을 지르는 지훈의 모습이 너무나도 멋져 보였다. 얼마
나 감상했을까? 갑자기 몸 주변에서 화염이 솟았다.

– 이능 발동, 위기대비 : 불꽃 방패.

'총알?'

파이로가 고개를 돌리자, 웬 인간과 버그베어가 놀란 듯 서
있었다.

일견에도 상대가 되지 않는 피라미라는 걸 알 수 있었다.

"이능 발동. 화염 투사."

굳이 가까이 갈 것 없이 불을 집어던졌다.

맞으면 죽을 테고, 피하면 도망가겠지.

'중요한 순간에 방해받고 싶지 않아. 너희는 나중에 구워 줄 테니 꺼져버려.'

파이로는 인간과 버그베어에게 신경을 꺼버렸다.

⊕

한편, 민우와 가벡은…

"어, 어, 어…?"

멍 하니 날아오는 불꽃을 바라보고 있었다. 이해할 수 없는 일을 처음으로 봤기 때문이었다.

마치 눈앞으로 트럭이 돌진해 오는 기분이랄까?

피해야 되는 걸 알면서도 몸이 굳었다.

"피해!"

그나마 가벡이 먼저 정신을 차리곤, 민우를 들이받았다.

후웅!

쓰러진 둘 위로 화끈한 불덩이가 지나갔다.

민우는 뜨겁게 그을려서야 정신을 차렸다.

"저, 저거 뭐야! 뭐냐고!"

"각성자. 못 이겨. 도망!"

가벡이 민우의 팔을 잡아당겼지만, 민우는 꼼짝하지 않았다. 머릿속에서 다짐했던 말이 생각났기 때문이었다.

- 앞으로 절대 동료를 버리지 않겠다.

"씨발 동료잖아! 어떻게 버리고 도망쳐!"

민우가 버럭 소리를 들고 MP5를 고쳐 잡았다. 가벡이 그런 민우를…

삑!

때렸다.

"아… 아?"

민우는 혀로 볼 안쪽을 훑었다.

화끈한 통각과 함께 비릿한 피 냄새가 났다.

"가면 죽는다. 도망쳐라."

"미친 새끼야 너도 명예로운 죽음이네 뭐네 지랄했잖아. 근데 왜 나는 안 되는데!"

"오직 전투 중에 죽은 자만 명예로운 죽음이라 할 수 있다. 일방적으로 짓밟히는 건 명예로운 게 아니라 멍청한 거다."

민우는 입을 꾹 다물었다.

사실 머리로는 상대가 되질 않는다고 알고 있었다.

단지 도망치는 것에 넌더리가 났을 뿐이었다.

너라도 살아남으란 말에 부모를 버리고 도망친 것도,

공부와 경쟁에 지쳐 학비를 핑계로 세드에 도망친 것도,

공포에 질려 칼콘을 버리고 도망치려고 했던 것도,

모조리 넌덜머리가 났다.

"그럼… 난 어떡하라고…."

"도망쳐라. 살아남아라. 고개를 푹 숙이고 기다려라. 이 전장은 우리가 끼어들 곳이 아니다. 네 차례가 올 때 까지 기다

려. 아무도 널 탓하지 않는다."

민우는 이를 꽉 깨물었다.

자존심이 상했지만 어쩔 수 없었다.

죽을 게 뻔히 보이는 곳에 1초 남짓한 시간을 벌자고 달려들 순 없음을 너무나도 잘 알기 때문이었다.

"씨발…. 내가 할 수 있는 게 아무것도 없잖아…."

"그래. 분노해라. 좌절해라. 그리고 수련해라. 그럼 된다."

가벡은 민우를 다독이곤, 그를 전장에서 끌어냈다.

비겁하다고 해도 어쩔 수 없었다.

원래 약자에겐 약자만의 생존방식이 있는 법이었다.

⊕

그 사이 파이로는 입맛을 다셨다.

'이제 그만 죽일까. 더 이상 시간을 지체할 수 없다.'

짝. 짝. 짝.

파이로가 지훈의 주의를 환기시키기 위해 박수를 쳤다.

지훈의 고개가 상처 입은 짐승처럼 휙 돌아갔다.

"멋진 얼굴이야. 좀 더 예술적인 비명을 질러 봐. 어서 날 흥분하게 해 줘."

지훈의 눈동자가 붉게 빛났다.

짙은 분노가 흘러나왔다.

"무슨 수를 써서라도 죽여주마."

"아아, 그런 표정 아주 좋아. 부수는 맛이 있거든."

파이로가 섬뜩한 미소를 드리웠다.

지훈은 그 사이 9x39mm 관통 마력탄을 장전했다.

비록 물리적인 힘과 회전력을 더한 탄이라도 상관없었다. 이렇게라도 화염 방패를 뚫을 가능성을 조금이라도 높여야 했다.

그 다음 왼손에는 폭발 탄환이 장전된 글록을 들었다.

"총이 2개네. 이제 준비 다 된 거야?"

대답할 것도 없었다.

바로 풀 오토로 방아쇠를 당겼다.

표표표표표!

관통탄 5개가 순식간에 뿜어져 나갔지만, 전부 화염 방패에 막혀버렸다.

"나한테 총알은 안 먹혀. 포기해. 그럼 이제 내 쪽인가?"

– 전방 방출계 이능 발동 감지!

파이로가 불덩이를 집어 던졌다.

시속 170km는 충분히 나올법한 강속구!

절대 피할 수 없을 것 같은 속도였지만 상관없었다.

'이능 발동. 가속.'

가속이 발동되자 심장이 미친 듯이 뛰기 시작했다.

심박이 가볍게 180을 웃돌며, 온몸에 피를 펌프질했다.

마치 온 몸이 달아오르는 듯 한 착각.

누군가 혈관에 불이라도 붙인 것 같았다.

아니, 실제로 수명을 태워가며 얻는 강력한 힘이었기에···
어찌 보면 실제로 타고 있다고 해도 옳았다.

훅! 타타타탓!

지훈이 불덩이를 가볍게 숙여 피한 뒤, 파이로 주변을 빙글
돌았다.

"어, 어. 이능?"

파이로는 지훈의 움직임에 깜짝 놀란 듯 싶었다.

순식간에 몸을 옮겨 파이로의 측면을 잡았다.

표표표!

화르르륵!

측면은 혹시나 했거늘, 역시나 화염 방패에 막혀버렸다.

타타탓!

표표표!

화르륵!

혹시나 싶어 더 가속해 뒤를 잡아봤지만 결과는 똑같았다.

'빌어먹을, 절대 방어도 아니고 뭐 이래!'

남은 탄환은 이제 9발. 신중하게 쏴야했다.

타타탓!

어떻게 공격해야 할 지 감이 오질 않았으나, 그럼에도 계속
해서 달렸다. 멈추는 순간 파이로의 공격을 당할 게 분명하기
때문이었다.

그걸 증명하기라도 하듯, 파이로가 IED를 들고 있었다.

'어떡하지?'

방출계 이능이 만능으로 보이지만, 사실 모든 이능은 양날의 검이었다.

강화계는 사용자의 육체에 부담을,

마력계는 빠른 마나 소진을,

변이계는 이능 사용 시 극심한 고통을,

방출계는 극심한 피로(탈진)를 가져왔다.

이능을 남발하게 만든다면 저쪽이 먼저 쓰러질 터였다.

결국 시간 싸움이었다.

지훈은 파이로의 이능을 남발하게 한 뒤, 결정적인 한방을 노리기로 다짐했고, 파이로는 지훈이 지치길 기다렸다가 IED로 마무리를 하기로 마음먹었다.

타타타탓!

지훈은 계속해서 주변을 맴돌며 견제 사격을 날렸다.

그 때 마다 화염이 뿜어져 나와 총알을 모두 녹여버렸다.

'폭발 탄환은 먹힐까?'

불을 쓰는 상대에게 불로 공격하자니 탐탁지 않았지만, 그렇다고 죽여주길 기다릴 수도 없었다.

지훈은 왼손으로 글록을 뽑고 바로 사격했다.

타앙!

'제발 먹혀라!'

기도와 달리 탄환은 이번에도 화염에 잡아먹혀 버렸다.

애초에 착탄과 동시에 마법이 발동하는데, 탄두가 모조리 녹아버려서 그럴 수 없었기 때문이었다.

한 동안 지루한 공방이 계속됐다.

결국 관통탄은 모조리 파이로에 꼬라박았고, OTN탄도 이제 얼마 남지 않았다.

표표표!

화륵!

아니. 그나마도 이제 다 떨어졌다. 그를 증명하기라도 하듯 파이로의 불꽃 역시 처음에 비해 많이 옅어졌다.

- 근육 파열. 재생을 시작합니다. 신진대사가 가속됩니다.
- 경고. 가속 이능을 발동 후 4분 경과. 육체 한계치 육박. 혈액 역류 및 심정지 가능성이 있습니다.

'닥쳐. 어차피 멈춰봐야 죽어!'

지훈이 이를 꽉 깨물었다. 하지만 그건 파이로 쪽도 마찬가지였다. 이미 금방이라도 쓰러질듯 몸이 무거웠다.

'심장이 터져야 정상인데 아직도 달리고 있다고?'

이제 파이로가 총알을 막을 수 있는 횟수는 3번 남짓.

그 이후엔 육탄전에 돌입해야 했다.

표! 표!

화르륵!

처음에 봤던 방패가 마치 지옥 불같았다면, 지금은 꼭 바람 앞에 놓인 촛불 같아 보였다.

이제 자동 방어 횟수는 단 한 번.

지훈도 때가 왔음을 직감했다.

'죽어라, 이 빌어먹을 새끼야!'

마력 탄환을 발사했다. 그리고 반만 막혔다.

마법진이 훼손된 탓에 폭발은 일어나지 않았지만, 파이로의 몸에 탄두가 부딪쳐 크게 휘청거렸다.

'빌어먹을…. 벌써…!'

처음으로 공격이 성공했다는 기쁨도 잠시.

– 사용자 보호를 위해 이능을 강제 해제합니다.

지훈 역시 이능이 풀려버렸다.

가속이 풀리자 몸이 무거워지는 듯한 착각과 함께, 격통이 휘몰아쳤다. 마치 심장이 터져버리기라도 한 것 같았다.

파이로와 지훈의 눈이 마주쳤다.

"허억… 허억…."

"끄어어… 걱…."

상처받은 짐승 둘은 직감으로 승부의 때가 왔음을 느꼈다.

차이로가 IED를 꽉 쥐고 있었다.

당장 던져서 폭파시키고 싶었지만 그러지 못했다.

'더 이상 이능을 썼다간 의식을 잃는다… 안 돼! 적어도 위기대비를 사용할 수 있을 만큼은 힘을 비축해야 한다!'

지훈 역시 폭발 탄환이 한 발 남아 있었거늘, 쏘지 않았다.

이번에도 막힌다면 이제 남은 무기라곤 여왕의 은혜 밖에 없기 때문이었다.

'이능력 수준으로 보건데 최소 B등급 후반 티어 각성자다. 분명 근접전도 이능만큼 강할 거야.'

근접전으로 들어가면 열 합도 못 넘고 질 가능성이 높았다.

그렇다고 총알부터 꽂아 넣자니 화염이 신경 쓰였다.

'남은 탄환은 단 한 발. 이 쪽 총알이 다 떨어졌다고 믿게 만들어야 한다.'

지훈이 파이로 쪽으로 어기적어기적 걸어갔다.

파이로 역시 지훈 쪽으로 서서히 다가갔다.

저벅, 저벅, 저벅.

폐허가 된 평야 위로 둘의 발걸음 소리가 울렸다.

둘의 거리가 10M 남짓 됐을 때….

타타타탓!

지훈이 마지막 힘을 짜내 돌진했다. 이미 무리가 간 심장이 곧 터질 듯 비명을 질렀지만 상관하지 않았다.

이래도 죽고, 저래도 죽는다면…

'칼콘의 복수는 하고 죽는다.'

파이로 역시 지훈에게 돌진했다.

아무리 이능이 얼마 남지 않았다지만, 아직 총알 한 번 막을 정도는 있었다.

방출계 이능 특화 각성자였다지만, 그래도 A등급이다. 웬만한 각성자는 맨손으로 제압할 자신이 있었다.

'탄약 없는 총잡이 따위 찢어 죽여주마!'

둘이 부딪힐 듯 가까워졌다!

서로의 생명을 건 필사의 일격을 준비하려는 찰나….

지훈이 들고 있던 글록을 겨눴다.

파이로는 신경 쓰지 않았다.

어차피 한 번 정도는 막을 수 있었기 때문이었다.

'죽여주마!'

'그래, 그렇게 계속 달려와라.'

파이로가 섬뜩한 미소를 지으며 손을 높이 쳐들었다.

반면 지훈은 파이로가 아닌 바닥을 겨눴다.

"아…?"

파이로가 뭔가 잘못됐다는 걸 깨달았다.

급히 이탈하려 했지만… 지훈은 바로 방아쇠를 당겼다.

목표는.

파이로가 아닌.

그가 서있는 땅이었다.

"이 개− 새− 끼− 야!"

지훈이 포효하며 방아쇠를 당겼다.

타−앙!

글록의 총구가 불을 뿜으며 폭발 탄환을 뿜어낸다.

푹!

총알이 정확하게 파이로가 밟은 바닥에 꽂혔고…

우으응∼ 콰아아앙!

폭발했다.

지근거리 폭발인 만큼, 지훈과 파이로 둘 다 날아올랐다.

지훈은 파이로의 다리가 전부 날아갔으면 했지만, 안타깝게도 둘 다 붙어있었다. 하찮은 운동복으로 보였던 의복이 아티펙트였던 모양이었다.

'하지만 상관없다.'

이정도로 죽을 거라곤 생각도 하지 않았다.

어차피 노림수는 파이로를 공중에 띄우는 게 다였다.

제 아무리 강하다고 한들, 물리학을 무시할 순 없었다.

'이제부터가 진짜다. 이능 발동. 집중.'

순간이 영원을 탐하며 한 없이 길어진다.

그와 동시에 온몸이 찢어질 것 같은 통각도 영원해진다.

치사량을 웃도는 고통에 뇌가 녹아 버릴 것 같다.

하지만 벌써 정신을 잃을 순 없었다.

지훈이 공중에서 창을 빼들었다.

C등급 아티펙트, 여왕의 은혜였다.

파이로가 지훈의 행동을 훑었다.

그리고 무슨 짓을 할 지 깨달았다.

선명한 희비교차.

등, 어깨, 상완, 하완, 손목.

지훈은 남아있는 힘을 모조리 순서에 따라 전달했다.

이윽고 탄력을 받아 모든 힘이 손가락에 집중됐을 때!

창을 놔버렸다.

훅!

'이것도 막아봐 이 새끼야!'

있는 힘껏 여왕의 은혜를 투척한다.

빙글.

여왕의 은혜가 한 바퀴 돈다.

순식간에 파이로에게 가까워졌다.

'아, 안 돼!'

파이로가 급하게 이능을 발동한다.

화륵!

여왕의 은혜에 불이 붙는다.

하지만 녹이기엔 부피가 너무 크다.

빙글.

여왕의 은혜가 한 바퀴 더 돈다.

이미 피할 수 없는 거리가 됐다.

'젠장… 내가 저따위 이름 없는 각성자한테…!'

파이로가 눈을 부릅떴다.

그리고…

푸욱! 하는 소리와 함께 파이로의 배에 창이 틀어박혔다.

권능의 반지

75화. 이제 내가 빚을 갚을 차례다

NEO MODERN FANTASY STORY

　지훈과 파이로가 동시에 바닥으로 떨어졌다. 둘 다 한동안 고통 섞인 신음소리만 내뿜었다.

　이미 각성자간의 싸움 따위 온데간데없었다.

　서로를 가늠하며 어떻게 공격해야 고민해야 할 타이밍은 이미 한참 전에 지났다. 이제 무슨 수를 써서든 상대를 죽여야 하는 진흙탕 싸움이 됐다.

　인간 대 인간의 싸움이 아닌, 짐승 대 짐승이 됐다.

　장비도 없고, 몸을 움직일 체력도 없었다.

　일어서는 사람이 승자였다.

　먼저 일어서 상대방에게 다가가 마무리를 하면 됐다.

　파이로는 지훈의 목을 조르면 됐고, 지훈은 파이로의 몸에

박힌 여왕의 은혜를 이용하면 됐다.

서로의 목숨을 걸고 안간힘을 내뿜은 시간은 약 1분.

결국 지훈이 먼저 일어섰다.

"으…."

금방이라도 의식이 끊어질 것 같았지만, 꾹 참았다. 마무리해야 할 일이 남아있기 때문이었다.

걸레짝 같은 다리를 움직여 파이로에게 다가갔다.

"황인종 새끼가… 감히…."

대답할 것 없이 코를 밟았다.

기괴한 소리가 나며 코뼈가 부러졌다.

쉽게 죽여 줄 생각은 없었다.

고통 속에서 서서히 죽일 생각이었다.

'칼콘의 복수를 해주마. 칼콘은… 너 따위랑 비교도 할 수 없을 정도로 소중한 사람이었다!'

여왕의 은혜에 손을 가져갔다.

✦

한편.

관전하던 시체 구덩이 주인의 눈이 놀라움으로 가득 찼다.

'파이로가 졌다고?'

미친놈이라 상종하는 사람이 없다곤 하지만, 언더 다크에서 열 손가락 안에 드는 강자였다.

상대의 정보를 몰랐기에 방심했고, 또한 2:1 싸움이라는 걸 감안해도 엄청난 결과였다.

'각성한지 반년도 안 지났는데 도대체 무슨 일이… 정말 갖고 싶다. 무조건 내 사람으로 만들고 싶어!'

주인이 숨을 몰아쉬었다.

스프리건은 그 모습을 유심히 살펴보다 입을 열었다.

"파이로. 죽는다. 일 커진다. 너 막으셔야 한다."

"아. 그래, 맞아. 파이로가 죽게 내버려 둘 순 없지."

파이로가 죽는다면 언더 다크에서 문책이 올 터였다.

이번 공작은 언더 다크와 접점이 없는 피라미들로 이뤄진 작전이었다. 그렇기에 실패해도 큰 타격은 없었으나…

간부가 죽으면 얘기가 달라졌다.

이는 곧 언더다크 전체에 대한 도전이 되기에, 집단 차원에서 보복을 들어갈 가능성이 높았다. 그리고 그 과정에서 분명 시체 구덩이 주인고 큰 문책을 받게 되겠지.

'일이 그렇게까지 틀어지게 내버려 둘 수도 없지. 안타깝지만 나도 살고. 지훈도 살리기 위해선 파이로도 살려야 해.'

주인은 탄환을 바꿔꼈다. 비살상용 고무탄이었다.

고무탄이래도 총이 저격총인지라, 민간인은 사망할 수도 있는 위력이었지만 상관하지 않았다.

지훈은 각성자였다. 거기에 방탄복까지 입고 있었다.

'심해봐야 뼈 부러지고 말겠지.'

주인은 심호흡을 하곤 지훈의 허벅지를 겨눴다.

지훈은 딱 창에 손을 가져가고 있었다.

탕!

⊕

퍽!

뭐에 맞았는지도 모르고 바닥에 엎어졌다. 격통에 비명을
지르고 있자니, 멀찍이서 총 소리가 들려왔다.

탕!

피격과 소음이 일치하지 않는 걸 봐선 장거리 저격이었다.

'저격수가 있었나!?'

일어서려 했지만 뼈가 부러졌는지 말을 듣질 않았다.

"그으으!"

지훈이 고통에 겨워하는 사이, 파이로는 몸을 추슬렀다.

'포션… 포션을 먹어야 한다.'

파이로는 운동복 상의에서 뭔가 꺼냈다. 각각 회색과 붉은
색 액체가 들어있는 앰플이었다.

꿀꺽, 꿀꺽.

파이로는 두 앰플을 동시에 들이켰다. 그러자 무슨 일인지
파이로의 몸이 풍경에 녹아들듯 사라지기 시작했다.

투명화 포션이었다.

아이덴티티와 보사의 합작으로 만들어진 물약으로, 아직
시중에 유통되지 않는 물건이었다.

"저건 또 뭐야…."

다 잡은 파이로가 사라져 가는 걸 지켜볼 수밖에 없었다.

애써 글록과 빈토레즈 방아쇠를 당겨봤지만, 탄약이 없어 '틱' '틱' 하는 소리밖에 나질 않았다.

"씨발…! 씨발!"

지훈이 게거품을 물며 비명을 질렀지만, 다리가 부러진 탓에 쫓아갈 수 없었다.

– 신체 재생을 시작합니다. 신진대사가 가속됩니다.

속으로 빨리되라고 닦달했지만, 재생이 다 완료됐을 땐 이미 파이로가 자취를 감춘 뒤였다.

❖

"파이로 살았다. 근데 저기 봐라."

"또 뭔데?"

"빙글 빙글. 인간들의 강철 새 2마리."

스프리건이 좌측 창문을 가리키며 물었다.

드드드드드드….

저 멀리서 전투 헬기 2대가 날아오고 있었다.

'도대체 저 연구 결과가 뭐 길래 헬기까지 동원해?

주인은 뭔가 큰일에 깽판 놓은 게 아닐까 덜컥 겁이 났지만, 이미 벌어진 일 어쩌랴 하는 심정으로 말했다.

엎질러진 물은 다시 채울 수 없는 법이었다.

"여기 있는다. 우리 죽으신다. 도망쳐야 한다."

"안타깝지만 퇴각해야겠네. 투명화 포션 먹어."

"알겠다. 하지만, 나 돌아간다. 너 고발한다. 이건 명백한 일 안했다, 다."

주인은 푸핫 웃으며 앰플을 쭉 들이켰다.

둘의 몸이 스르르 녹아내리기 시작했다.

"해 봐. 근데 너도 방조죄로 같이 죽을 걸?"

스프리건은 아무 말도 하지 않았다.

"그 말 옳으신다. 나도 죽는다. 나 입 다문다."

"응. 맞아, 그게 옳아. 어차피 너랑 나는 한 배를 탄 사이거든. 그러니까 조금 더 말랑말랑해 지도록 해."

스프리건이 목질 같은 입술을 양 옆으로 비볐다.

"너 마음에 안 드신다. 싫다."

⟡

지훈은 헬기가 다가오는 것도 눈치 채지 못하고, 칼콘에게 달려갔다.

"정신 차려, 칼콘. 제발. 무슨 개소리를 하든 욕하지 않을 테니, 아무 말이나 해봐…"

돌아오는 대답은 없었다.

단지 조금씩 차가워질 뿐이었다.

지훈이 칼콘을 끌어안았다.

자기도 모르는 사이 눈물이 떨어졌다.

뚝. 뚝. 뚜뚝. 뚝.

몇 방울이나 떨어졌을까?

문득 칼콘이 부르르 떨었다.

"칼콘, 칼콘! 정신이 들어!?"

칼콘이 옅은 신음을 내뱉었다.

굉장히 기뻤으나 웃을 틈 따위 없었다.

팔을 지혈해야 했다.

철컥, 철컥.

재빨리 갑옷을 해제한 뒤, 입고 있던 옷을 죽 찢어 칼콘의
상완을 묶었다.

문득 칼콘이 말했다.

"지훈, 나 죽은 거야?"

"닥쳐. 나중에 얘기해."

"곧 죽을 것 같아…."

"닥치라고, 씨발 새끼야!"

칼콘이 금방이라도 사라질듯 옅은 미소를 지었다.

"나 부탁이 하나 있어…."

"뭐든 다 들어줄 테니까, 제발 눈 감지 마라. 응?"

"카즈가쉬 클랜에 가면… 카크라라는 여자가 있어…."

카크라. 만드라고라 때 얼핏 들었던 이름이었다.

"내 방 서랍 안에… 편지가 하나 있어. 그걸 전해줘…."

"다음에 같이 가면 되잖아, 부탁할 필요 없어!"

칼콘이 그 말을 마친 뒤 입술을 파르르 떨었다.

금방이라도 숨이 끊어질 것 같아 너무나도 무서웠다.

"있잖아… 나 지훈을 만나서 좋았어. 클랜을 떠난 뒤 얼마 못 가 죽을 줄 알았거든… 근데 네가 날 살려…."

지훈의 눈에 헬기가 날아오는 게 보였다.

분명 의무병이나 야전 치료사도 타고 있을 터였다.

칼콘의 의식이 끊어지기 전에 조금이라도 시간을 끌어야 했다.

"그래! 내가 살려줬잖아, 그래서 뭐!"

"인간은… 다 못됐다고 생각…했는데, 고마워…."

칼콘의 숨이 점점 더 희미해져갔다.

죽음이 가까워졌음을 직감했다.

"나쁘지 않은 인생이었어… 내 발자국은 여기까지야… 지훈은, 부디 끝까지…."

칼콘이 그 말을 마지막으로 입을 다물었다.

담담히 죽음을 맞이할 생각인 듯 싶었다.

지훈은 계속해서 말을 걸었지만, 칼콘은 대답하지 않았다.

말이 어느덧 부르짖음이 됐을 때 쯤…

문득 목소리가 들려왔다.

우으으으으응.

- 권능의 반지에는 사용자의 생명을 유지시키는 기능이 있습니다.

생각할 여유 따윈 없었다.

목소리를 듣자마자 반지를 제거했고, 바로 칼콘의 손가락에 끼웠다.

"그 딴 소리 집어 치워, 칼콘. 난 널 절대로 죽게 내버려 두지 않을 거다. 저승사자, 염라대왕 다 좆까라 그래. 그딴 새끼들 내가 전부 죽여서라도 널 되찾아 오겠다!"

✥

이후 많은 일들이 정신없이 흘러갔다.

전투 헬기에서 의무병이 내려 칼콘을 후송했다.

다행히 민우와 가벡 그리고 교수는 무사한 것 같았다.

이후 계속 칼콘의 상태를 지켜보고 싶었지만….

"우, 우웨엑!"

갑자기 각혈하며 정신을 잃었다.

✥

금방 부서질 듯, 낡은 라디오에서 음악 방송이 흘렀다.

평화로운 분위기도 잠시.

음악이 갑자기 뚝 끊겨 버렸다.

– 아… 잠시 만요, 네. 네. 알겠습니다. 청취자님들. 속보가 들어왔네요. 잠시 전해드리고 가겠습니다.

라디오 진행자는 담담한 목소리로 속보를 읽어 나갔다.

- KMS 단독 취재 결과, 개척지 동쪽 농장에서 한국 연구 팀이 습격당하는 일이 발생했다고 합니다. 사망자가 20명 이 상 날 정도로 큰 전투가 벌어졌다고 하며… 현 군부대를 선두 로 가디언이…… 이상입니다. 흐름이 끊긴 점 양해 부탁드립 니다. 다음 곡은 신데렐라 퍼퓸. '나쁜 남자' 입니다.

　낡은 라디오의 주인. 석중이 도끼눈을 떴다.

　'거… 지후이 쓰애끼 연구팀 호위 한다고 안 했던가.'

　세월의 먼지가 잔뜩 껴 녹슬어 버린 기억 속으로, 그랬던 것 같은 기분이 들었다.

　'거 외딴 데서 큰 일 당하지 않으면 좋겠디. 다 뒤져가는 거 내가 핥아가며 키웠고마, 이상한 일로 죽으삐면 나가리 디.'

　거친 욕과 더러운 뒷골목 쓰레기를 걸치고 사는 석중일지 라도, 인간이었다. 걱정스러운 마음에 들었다.

　큰 이익이 따르면 언제든지 버릴 수 있는 싸구려 감정일지 라도 말이다.

　한 편 보사 연구실.

　시연은 TV를 보며 정신이 나간 것 같은 표정을 지었다.

　"아, 아… 아…."

　손과 눈이 미친 듯이 떨렸고, 뭘 어떻게 해야 할지 아무런 감도 오질 않았다. 단지 퇴근 하겠다는 말도 하지 않고 바로 동구 터미널로 향을 뿐이었다.

　분명 차를 타고 갔으니, 차를 타고 돌아올 거라 생각했다.

약 3시간 정도 기다리자, 구급차를 동반한 SUV 3대가 터미널로 들어섰다.

카메라 플래쉬가 미친 듯이 터지는 가운데, 시연이 느릿느릿 움직이는 차량 행렬로 뛰어들었다.

"사, 사람을 찾아요! 지훈이, 김지훈씨 어디 있어요? 다치지 않았죠? 아프지 않죠? 그렇죠?"

"지금 환자들 가득한 거 안 보이쇼!? 소란피지 말고 꺼져!"

용병이 거칠게 밀치자, 시연이 바닥에 쓰러졌다.

눈물, 콧물 범벅으로 애써 지훈을 찾는 시연이었지만… 안타깝게도 지훈, 칼콘 둘 다 찾을 수 없었다.

"아, 안 돼… 지훈아… 지훈아…."

결국 울음을 터트리는 시연이었다.

❖

16시간 후.

─ ……괴한들을 심문한 결과, 이번 일의 배후에 레니게이드라는 범죄 조직이 연루되어 있음을 밝혀졌습니다. 이에 정부는 범죄와의 전쟁을 선포…….

빗나간 정보였다.

흑막은 언더 다크였거늘, 정부는 레니게이드로 발표했다.

물론 포로 심문 중 언더 다크라는 이름이 나오긴 했지만, 정부는 이 사실을 묵인했다.

이미 범죄 조직 수준이 아닌, 범국가 단체로 성장했기에 전면전을 벌이기에는 문제가 있기 때문이었다.

대신 죄를 뒤집어 쓸 희생양이 필요했다.

그게 바로 개척지 범죄 집단 레니게이드였다.

접점이라고는 언더 다크에 빌린 빚을 갚기 위해 인력을 몇 명 제공한 것뿐인데도, 정부는 그 사실을 극대화시켜 레니게이드를 이번 사건의 흑막으로 몰았다.

⊕

[전투 결과]

[호위팀]

생존자 총 – 13명

사망자 – 33 명

부상자 – 8 명

실종자 – 1 명 (폭발 탄환 직격 추정)

정상 – 4 명

비고.

지훈 (빈사) –

무리한 가속 이능 사용으로 인한 심근경색,

집중 이능 연속 사용으로 인한 측두엽 미세 손상,

과도한 운동으로 인한 근육 파열,
파이로의 공격에 따른 2도 화상,

여왕의 은혜 손실.
마력 탄환 및 OTN탄 모두 소모.

칼콘 (빈사) -
파이로의 공격에 따른 전신 1도 화상,
폭발에 의한 좌완, 좌각 절단상.
극심한 빈혈.

D등급 갑옷 손상.
현재 권능의 반지를 끼고 있음.

[언더 다크]
총 생존자 - 5명
사망자 - 21 명
부상자 - 3 명
정상 - 2 명

비고.
파이로는 투명 물약을 사용해 전투에서 이탈. 남은 부상자
2명은 포로로 잡힘.

파이로 (빈사) (생존!)

이능 남발으로 인한 탈진 및 극심한 피로.

투창으로 인한 육체 관통

극심한 출혈.

복부 3도 화상. (출혈을 막기 위함)

[보상]

호위 성공으로 인해 전투 참가 인원 전체 1억 원 획득.

지훈 티어 업 4번.

〈4권에서 계속〉